邓一光南方短小说
Deng Yiguang's
Southern Short Fictions

II

我们叫作家乡的地方

The Land We Name as Hometown

邓一光 著

花城出版社
中国·广州

图书在版编目(CIP)数据

我们叫作家乡的地方 / 邓一光著. -- 广州：花城出版社, 2025.6. -- (邓一光南方短小说). -- ISBN 978-7-5749-0514-6

Ⅰ. I247.7

中国国家版本馆CIP数据核字第2025WX5409号

我们叫作家乡的地方
WOMEN JIAOZUO JIAXIANG DE DIFANG

邓一光/著

出 版 人	张 懿
责任编辑	林 菁　杨柳青　李 卉
技术编辑	凌春梅
装帧设计	韩湛宁+亚洲铜设计
肖像摄影	吴忠平
封面摄影	韩子墨
出版发行	花城出版社
经　　销	全国新华书店
印　　刷	深圳市福圣印刷有限公司
开　　本	787毫米×1092毫米　32开
印　　张	8.25
字　　数	151,000字
版　　次	2025年6月第1版　2025年6月第1次印刷
定　　价	398.00元（全7册）

版权所有·侵权必究。如发现印装质量问题，请与出版社联系。

联系电话：020-37604658　37602954

I
第一爆

II
我们叫作家乡的地方

III
香蜜湖漏了

IV
你可以让百合生长

V
抱抱那些爱你的人

VI
带你们去看灯光秀

VII
我在红树林想到的事情

II

我们叫作家乡的地方

The Land We Name as Hometown

目录
contents

有的时候两件事会一起发生
001

罗湖游戏
021

台风停在关外
049

要橘子还是梅林
065

我们叫作家乡的地方
087

她们现在一点感情都不讲了
121

停下来是件不容易的事
137

金色摩羯
167

醒来已是正午

195

阿慢、苏拉和逃亡的档案

221

有的时候两件事

会 一 起 发 生

蓬莪术问碎米，出门的时候带不带伞？碎米说随便。碎米心神不宁，她说随便。

碎米找不到她的"蓝眼睛"了。是蓬莪术从伊斯坦布尔带回来，送给碎米的，碎米喜欢。可能是昨晚睡觉前，碎米随手放失在什么地方了，也可能是蓬莪术。

碎米流泪了，她很伤心。蓬莪术哄碎米。"蓝眼睛"会找到的，找不到也没什么，会给她再买一个。碎米破涕为笑。蓬莪术有这个本事。

蓬莪术和碎米，她们三天前住在上梅林，现在换到下梅林。下梅林是公务员小区，相对城中村，这里安静，租金比原来多两百二十块，她们承受得起。

新居没有阳台。倒也没什么。浴室大了不少，这个很重要。

蓬莪术在新租下的两居室里走动，很快看出了问题。

新居里没有桌子。可能原来有，被房东搬走了。蓬莪术皱眉头。她瞧不起词对词的翻译软件，手边总放着老式的大厚本辞典，更多的是希伯来语文学和文献学著作，加上原味榛子和自酿的梅子酒。没有桌子她没法工作。

"你第一。1969年版《希汉双解辞典》第二。榛子和梅子酒第三。"蓬莪术郑重其事地向碎米宣布。

碎米开心地笑。碎米喜欢蓬莪术郑重其事，她郑重其事的样子像当家的。蓬莪术喜欢碎米的笑靥，她笑起来像火苗儿似的野兰花。

这么说，需要添置一张桌子。还要添置一些其他的零碎，比如碎米需要的砂纸和浮石什么的，这些都需要到店里去买。电脑和支付宝她俩有，宅族需要的一切她们都不缺。

她们去北环大道的宜家家居买桌子。

她们进入迷宫般的分类浏览区。她们选购的是大件，但碎米还是推着购物车。她扶着车，快跑两步，身子吊在滑动的购物车上，溜出去一截，车停下，再欢喜地快跑两步，吊上去。蓬莪术跟不上。碎米总是这样，像个长不大的孩子。

她们经过床区，碎米突然停下，看一张木制的"汉尼斯"童床。

蓬莪术那个时候已经走到桌区，正琢磨买什么样的桌子。她发现碎米不在身边。

蓬莪术一直牵着碎米的手。蓬莪术不让碎米滑得太快。只是在一辆婴儿车咿咿呀呀过来的时候，两个人短暂地松开，以后又黏上。蓬莪术不清楚什么时候松开了碎米的手，让她和购物车失踪了。

蓬莪术回头去找碎米。

碎米在那张蓝色的"汉尼斯"童床前站着，一脸呆相，购物车被冷落在一旁。蓬莪术问碎米怎么了。碎米醒过神来。

"我没见过这样的床。"碎米说。她的意思是,这张床在她的经验之外。

"适合你。"蓬蒾术开玩笑。

"你确定?"碎米回头看蓬蒾术。

"试试。"蓬蒾术怂恿碎米。

宜家的家具是能试的。宜家好就好在这里。

碎米的鞋是那种没有袢的,也没有花饰。她脱了鞋,山岚一样爬上童床,小心地躺下。先是平姿,然后翻身趴着,后颈朝上,过了一会儿换成侧着的姿势,脸蛋儿枕着松软的床垫,闭上眼睛,一点一点蜷缩起身子。那个样子幸福死了。

蓬蒾术看碎米和童床亲近的样子,心里涌过一丝不舒服。但也仅此而已。

"好了。"蓬蒾术说。

"没好。"碎米说。

"玩一会儿就行了。"蓬蒾术说。

"不行。"碎米说。

"碎米?"蓬蒾术说。

"我困了。我得睡一觉。"碎米说。

"得决定买哪张桌子。有很多桌子。"蓬蒾术说。

"你决定。离开的时候叫我。"碎米说。她眼一直闭着,没有睁开。

蓬蒾术就走开了,自己去看桌子。

一个小时后，蓬莪术拿着填好的订单回到床区。她为自己选了一张北欧乡村风格的"赖尔多"组合式工作台，带移动文件柜那种。工作台非常实用，抽屉有制动装置，这适合她。她常常被滑出的抽屉砸了脚。考虑过电脑和辞典之外其他区域的功能布置，她打算以后再做些小改装。总之，她很满意自己的选择。

碎米还在童床上。她睡着了，睡得像儿童，自己捧着自己的脸蛋。路过的人都看童床里玲珑的碎米。有个打领结的青年来来回回从童床边走了好几次。

蓬莪术为碎米感到羞耻。她们不是在闺密吧里，不是在自己的小巢里，碎米用不着在这种场合展示修长的细腿。

"好了。"蓬莪术叫醒碎米，把她弄乱的裙摆收拾好。

碎米爬起来，迷迷瞪瞪睁着眼看蓬莪术。但她没有离开童床。

"我要去下单。"蓬莪术说。

碎米看蓬莪术，好像不明白她在说什么。蓬莪术想，我可不是宜家新分来的服务生。

"我们还要去交工。我得带着你。"蓬莪术说。

是蓬莪术交工。《人类在什么地方拐了个弯》，瑞瑙·舒尔茨的新作，她刚译完两章，让出版社看看，如果行，就照猫画虎译下去。风格这种东西，谁说得清楚？但她说得对，她得带着碎米。以前都这样。

"你先去，我在这儿等你。"碎米说。

蓬莪术拿碎米没办法。她总是这样。

蓬莪术去收银台办好货到付款的手续，顺便买了一套组合工具。新居有不少地方需要修缮，这些都是她的活。

自由译者，管道工，电器师，还有什么？蓬莪术能干的事情很多，她打心眼里为自己骄傲。

蓬莪术回到床区的时候，碎米姿势都没换，还躺在童床上。每个路过的顾客都在看她。

碎米没有睡，舒坦地躺着，眼睛瞪得大大的，一眨不眨盯着高不可及的天棚。也许不是天棚，而是冥想世界。就是说，在蓬莪术离开的那段时间，碎米一直在冥想。

也许她在想她的"蓝眼睛"丢在什么地方了。蓬莪术想。

蓬莪术记不起"蓝眼睛"失踪是不是她的错。也许是。昨晚她为碎米摘下的，有这个可能。她不喜欢碎米在阳光消失之后也被饰物占有，哪怕那个饰物只是个神秘的幸运符，哪怕它是她为碎米买的。她真的没有这个印象了。如果有，她会承认。

蓬莪术叫碎米起来，她已经为她们买的东西做了确认，她们现在应该去海天大厦交小样，然后确定新的工作方向。

碎米转过俏丽的下颏，目光移向蓬莪术。她的眼神有些茫然。

"走了。"蓬莪术重申。

"我说了，我在这儿等你。"碎米的声音有一种捉摸不定的飘忽。

蓬莪术想了想，弄明白了，碎米让她先去，不是让她先去确认购物方式、货到付款什么的，而是让她先去海天大厦确认小样，再领取新的工作指示；碎米说在这儿等，是说她在宜家等，在这张"汉尼斯"童床上等。

蓬莪术觉得有点儿好笑。天秤B型，有这么任性的吗？一对情侣过来。他们在旁边那张席梦思前站着，小声说着什么。蓬莪术感觉到他们在看这边。

"别胡闹。"蓬莪术说。蓬莪术说过以后心里一动。她醒悟过来，碎米不是胡闹，她很认真，相当认真。就是说，她喜欢上这张童床了。

一对夫妇模样的中年人带着一个男孩子过来。中年女人对男孩子说了一句什么，好像是妇女看到了床，笑话男孩子小时候尿床的事。男孩子大声嚷嚷了一句，不好意思地跑开了。

然后是一对相敬如宾的老年夫妇。然后是一个衣着凌乱看上去毫无主张的青年妇女。

"我们有床。"蓬莪术小声对碎米说。

碎米不说话，看蓬莪术，好像不认识她，好像蓬莪术再说下去，她就更不认识蓬莪术了。

又有人朝这边走来。是几个学生模样的校服青年。他们青春活力地说着话，大声地笑。一个女生追打一个男生，其他人起哄。

蓬莪术忍不住了。

"你想要这张床？"蓬莪术问。

"嗯。"碎米坐起来了，用力点头。她眸子明亮，齐额刘海滑落开一片。

"可是，我们有床了。我们的床不错。"蓬莪术说。蓬莪术说的是实话，她们的床的确不错，买床的时候，蓬莪术狠狠地刷了一下卡。相比家里其他家具，那张床相当奢侈。

"爸爸，快看这个！"一个小姑娘跑过来，绕着童床转了一圈，扑在床沿上，惊喜地回头喊。

碎米失重，歪了一下身子，用手撑住。是小姑娘压的。

"快起来。我们走了。"蓬莪术真的生气了。

做父亲的过来了，围着童床转了一圈，又转了一圈。小姑娘脱了鞋，跳上床，在上面张开手臂蹦了两下。蓬莪术看见碎米东倒西歪，心疼地皱着眉头。碎米像是想要保护床，但她坐不住，被开心的小姑娘挤到一旁，齐额刘海又滑落开一片。

"她是您的孩子？"蓬莪术转头问那父亲。

"是。"父亲抬起身子说。

"请您把孩子抱下来。"蓬莪术尽量礼貌地说。

"她只是喜欢这张床。"父亲说,"您的朋友坐在上面不碍事,她尽管坐。"

蓬莪术看出父亲有些不愉快,还有些不通融。这是宜家家居,不是任何人的宜家家居,父亲说得有道理。

蓬莪术什么也没想,这件事情就在一瞬间发生了。"她可以喜欢别的床。这里有很多床。"蓬莪术从仔裤的后兜里抽出宝珠笔,咔嗒一声按下键钮,在手中订单的商品类别中快速写下童床的编号。"这张床我们已经买下了。"蓬莪术说。

工作台和童床同时被送上门。宜家的配送生很快把两样家具装好,蓬莪术在配送单上做了确认。

桌子和工具盒是蓬莪术的,她需要用它们来工作。童床归碎米——和瑜伽球、平板电脑、几盆被她们带着到处搬迁的盆栽植物一样,它们是她的。她们各自检查了属于自己的东西,但卡是蓬莪术刷的。

配送生是个快乐的小伙子,出门前冲她们笑了一下,露出雪白的牙齿。

桌子被安置在工作室靠窗的地方,蓬莪术重新设计了组合。看上去,工作室立刻有了样子。

她们没有起居室。她俩都是自由职业。她们把宅族重要的居家区域改成了工作室。

童床搬进了卧室。原来摆放在卧室中央的大床移靠到朝南的那面墙边，新搬进的童床靠着另一面墙。原来放在大床旁的多功能书架放不下了，移到进门的玄关处，做了鞋和雨具的家。两张床中央刚好放下一只床头柜，一边是蓬莪术夜读时需要的床头灯，一边是碎米歪着脑袋的 TO YOU 乞丐熊。

碎米真的喜欢童床，超喜欢。为这个，整整两天时间她们放了外卖的假，碎米自己做饭。

碎米围着卡通图案的围裙在厨房里忙碌，哼着一支听上去奇怪的歌，卖力地烹制咕噜肉和笋丝豆腐汤。碎米做的咕噜肉能杀死王子，论坛里的人都知道这个秘密。

蓬莪术为咕噜肉的事很得意。碎米不光会做杀死王子的咕噜肉，还会更多。关于这个，蓬莪术从不和人讨论。

蓬莪术在 LES 论坛文学栏目做版主。她的文章充满豹子般的魅力和危险，极具杀伤性，拥有大量的粉丝。

在论坛里，蓬莪术对自己的生活只字不提。有些事情属于个人收藏夹内容，不宜共享。

童床一安好，碎米就爬进去了，那个时候配送生小伙还没有下楼。

整个下午，碎米窝在童床里不肯出来。她睡了一觉，醒来时慵懒地叫在工作室里自我陶醉的蓬莪术，让她给自己拿冰镇柠檬水。喝完冰水，她又睡了，直到第二天凌晨五点再度醒来。

蓬莪术被新买的工作台刺激着，有些兴奋。工作台启用那天，她一口气译了十页，工作时间首次超过二十小时。

半夜过后，蓬莪术去浴室冲了个凉，顺便到卧室里看了一眼碎米。碎米在童床里，扬着两只手掌，半边脸埋在枕头里，呼吸均匀，打着小鼾。

蓬莪术没有丝毫的睡意，为碎米盖上新月图案的毯子，回到明亮而节制的护眼灯前，愉快地靠着工作台，就着《犹太谚语》喝了一杯梅子酒，坐下继续工作。

倒不是因为家用。蓬莪术有一种油然而生的对工作的狂热，怎么也压抑不住。这样，熬夜就成了必然。

碎米是心情动物，前年刚来深圳时，她一年卖掉了七幅画，还为中小企业协会画过一批行画，两样加起来差不多有六万元。去年她迷上了腾冲，老往那片生野的原始森林里跑，去一段时间脏兮兮地回来，相机里什么也没留下，客户下了订金的画反而耽搁了。

家用基本上靠蓬莪术。

蓬莪术倒不担心。她译的是凤毛麟角的小语种，工作能卖出价。只要碎米不"溜冰"，不从清远山区领回一大群父母养不活的脏孩子，十天半月她们不会破产。

蓬苡术觉得工作真好。蓬苡术觉得希伯来语奇妙无比。蓬苡术觉得有一张合适的工作台是一件了不起的事情。

头三天就这么过去了。

蓬苡术整个晚上都在工作台边翻动文学大师们的著作，琢磨语言的置换，查阅工具书，天亮到正常之后，才胡乱刷一下牙，上床睡觉。

碎米一到下午就心神不宁，晚上洗过蓬苡术用掉的餐具，把洗衣机里甩干的衣裳捞出来晾上，匆匆忙忙冲了凉，早早钻上她的童床，连迷恋到不像话的费里尼也荒芜了。

蓬苡术进入梦乡后，碎米才起来。等蓬苡术下午起来，碎米又溜上了童床。碎米一有机会就往童床上钻。她差不多和童床黏在了一起。蓬苡术笑碎米，变回婴儿了。碎米瞪着山岚般的眼睛看蓬苡术，再看童床，好像不明白蓬苡术在说什么。蓬苡术舒服地靠在工作椅上，慢慢喝掉一杯梅子酒，心里想，天秤 B 型，有什么办法？

三天过去后，蓬苡术对工作台的新鲜劲没有那么强烈了。而且，她有些疲惫。她决定把作息时间改回到原来的样子。蓬苡术原来的作息时间是朝十晚七，一日三餐。下午她会去一趟健身房，或者去爬山。

她们从上梅林搬到下梅林，就是不想离开梅林公园的登山道。

碎米原来随蓬莪术,也是朝十晚七。可能会晚起一点,但不会超过半个钟。饮食略有不同,一日两餐。碎米节食,不吃晚餐,只要蓬莪术晚餐不叫甜食,她就乖乖的,不会捣乱。

现在变了。蓬莪术改回朝十晚七,碎米却不改,依旧迷恋童床。这样一来,蓬莪术工作的时候,碎米在童床上;蓬莪术上床的时候,碎米摇摇晃晃地爬起来,在童床边站着迷糊半天,再去工作室窗前站着发呆。两个人总也碰不上面。

而且,碎米对童床的迷恋完全没有规律,什么时候有空,她就往床上钻。

而且,有了童床,碎米就不再回大床睡了——那张相当奢侈的大床,如今只睡着蓬莪术自己。

蓬莪术一直没有想过这个问题。她以为童床只是个新鲜玩具,或者,只是一次和宠女儿的父亲赌气的副产品,现在看来不是。那么,到底是什么呢?蓬莪术决定研究一下。她想弄清楚,问题出在什么地方。

蓬莪术走进卧室,拿走新月图案的毛毯,爬上童床,拍了拍蓬松的枕头,躺在上面。

"别碰它。"碎米脚跟脚冲进卧室。

"我试试。"蓬莪术把枕头挪正,这样躺上去更舒服一些。

"是我的床。"碎米急了，围着童床乱转。

"我们的。"蓬荍术指出。

"你并没有看上它。"碎米小脸苍白。

"可它在这儿了。"蓬荍术郑重其事地宣布。

蓬荍术躺好了。她有些小小的得意。她对宜家提供的宝珠笔的流利书写和VISA卡的支付功能充满了好感。

碎米气呼呼地鼓着腮帮子，眼眶里溢满了泪花。

蓬荍术觉得碎米的样子真是可爱。她总是可爱，这有什么办法。

碎米冲出卧室。大门碰响，人跑掉了。

蓬荍术更加开心。她想很好，现在安静了，她可以睡上一觉了。

可是，过了很久，蓬荍术并没有睡着。她觉得事情有些奇怪。她爬起来，脱掉衣裳，再躺下，过了一会儿，再爬起来，去浴室冲凉，光着身子回到卧室，躺在童床上继续睡。她这么来来回回地折腾，一点进展也没有。

蓬荍术最终放弃了，爬起来看童床。

看上去，童床毫不起眼，宝蓝色蓬松的床垫，床沿竖起一道半弧形围栏，木架镀成海蓝色，亚光漆中埋藏着无数的碎星星。它和别的童床没有什么两样。

蓬荍术很困惑。

蓬荍术那天心情不错，译得很顺手，碎米什么时候回来的，她没有留意。晚上蓬荍术叫了鸡蛋粉肠和芸豆汤——下午在梅林公园的登山道上多跑了半圈,她有些饿。

蓬莪术上床的时候,碎米没有睡,躺在她的童床上,看着天花板,快速眨巴着眼睛,还在伤心。

蓬莪术心里有些不忍。她主要是觉得不习惯。她把脚从云锦被单下伸出来,再把被子彻底掀开。她越来越不习惯。她觉得碎米可以伤心,但也要讲道理。何况她们原来不是这样。她认为,她们应该好好交流一下。

"你有好久没画了。"蓬莪术看着天花板说。

碎米不明白地扭过脸,隔着无数的碎星星看蓬莪术。

"酋长。"蓬莪术提醒碎米。

碎米前些日子说要画酋长。其实是画酋长的家乡。碎米想画蒙古高原——不安分地涌动的沼泽地,蒸腾着不断上升的森林,无数正在默默成长的原始植物和史前动物隐匿在那里,那是过去和未来所有生命的家园,当然,也包括正在消失的印第安人。

"我们不缺钱。至少暂时不缺。我刚拿到《德林默克的秘籍》的稿费。你想不想添置一个尼康中焦?我问过,'回头一眼'会为我们提供分期付款业务。"

蓬莪术坐起来,隔着床头柜,口气温和地对碎米说。她觉得必须让碎米明白,她应该收心,应该回到画架前,回到过去的位置上,一年卖几张画,或者为行业协会画一些行画,哪怕少一点,哪怕不赚钱,不然她成不了一个好孩子。

"但你的确有些不像话。你看看自己,看你的颜料干涸成什么样,比华北旱灾还要严重。"

"才怪。"碎米气昂昂说。

"我们不要吵架。"蓬莪术提醒说。

"我才不会跟你吵架。"碎米不屑。

"那是什么?"蓬莪术质问。

"你打扰我了。"碎米从童床上爬起来,大声说。

蓬莪术呆住了。碎米太不讲理了!打扰?天哪!她?打扰了她?她为那部哭墙诗歌集没日没夜熬更点油的时候,她干了些什么?她上门痛骂那个除了毕加索之外任何画家的名字都叫不出的阔佬的时候,她又干了什么?她怎么不说她虐待她?她拒绝为她打开燃烧着的教堂大门,像奥斯威辛集中营的女看守汉娜一样干着同样的事?

蓬莪术非常生气。她从大床上起来,连拖鞋都没穿,光脚走进工作室,给自己倒了一杯梅子酒。她在那里把梅子酒喝光,又倒了一杯。她给碎米留下几分钟时间,让她反省。她真该好好地反省一下。

"你看看自己,"蓬莪术喝光第二杯梅子酒,放下杯子,走回卧室,"看看你现在懒成什么样。"

"我怎么啦?"碎米无辜地问。

"我已经说过了。你还要我说多少遍?"蓬莪术说。

"我没地方画画。"碎米说。

蓬莪术笑了一下,不笑了。她想,应该再喝一杯,时间不够,碎米没有反省好。她又想,碎米说的,也不是没有道理。

在上梅林的时候,工作室基本上是碎米霸占着。碎米的家当能羞死"麦德龙",乱糟糟的画箱画架不说,画布和报纸堆得到处都是,大理石板上胡乱放着绷布钳,洗笔器上压着钉枪,画伞和镜子挡着门,电动搅拌器使用前必须事先做清理,倒出小磁锤和钉子。

蓬莪术基本上是在卧室里工作,在那张奢侈的大床上。那是她的习惯。她们的习惯。但怎么不说,她们的家用,包括无数杜鹃啼血的梅子酒痕和百草千石的榛子壳,还有碎米去腾冲的差旅费,它们全部产自那张整天皱巴巴的大床?她们应该给大床挂满功勋章。

现在工作室归蓬莪术了,她在条件优裕的工作室里放肆了整整三天三夜,现在她才想起来,在这三天里,碎米整天像个无所事事的二流子,她的画具全部堆在大床下,自她们搬进新居后,一样都没有打开。

怎么会这样呢?蓬莪术想不明白。

一夜无事,她们分别睡在大床和童床上。门厅的灯没关,后来是蓬莪术起来,把灯关掉。碎米躺着没动。蓬莪术回到卧室的时候,撞了一下童床,然后上了大床,碎米一声也没吭。

第二天,蓬莪术一起床就光着脚奔进工作室。其实她一夜都没有睡，没有睡安稳。没关系，她现在就来把弄乱的事情安顿下来。

蓬莪术重新调整了工作室，把北欧乡村风格的工作台移到靠墙的一边，再赤着脚奔回卧室，从床下拖出碎米的画具——没办法全部，有基本的几样就够了——布置在工作室的靠窗处。她把明亮的、宽敞的、走动方便的、能够与自然交流的最好的地方让给了碎米。

蓬莪术做这一切的时候，碎米没有离开她的童床，新月图案的毛毯拉上来，盖着下颏，只是在蓬莪术气呼呼奔进卧室，趴在地上拖画具的时候，她才可怜巴巴地看蓬莪术，山岚似的目光随着蓬莪术来来回回移动。

后来她们叫了肠粉外卖。蓬莪术坐在工作台上，屁股挂在工作台的一角上，大口往嘴里填韭菜鸡蛋。碎米没出来，窝在卧室的童床上，没滋没味，一小片一小片往嘴上贴泡溶了的粉皮。

"今天适应。一切从明天开始——明天，生活得恢复。必须恢复。"蓬莪术隔着墙向卧室里宣布。

碎米没有说话，眼圈红着，用手堵住嘴，然后恶狠狠地拿开手，把已经冷了的肠粉全填进嘴里，腮帮子鼓得像青蛙。

问题并没有解决。

第二天到来的时候，蓬莪术监视着碎米。没有脚跟脚，根本用不着。蓬莪术一整天没出门，连健身房都没有去，登山道也没有去，人躺在大床上，看一眼手中的书，再看一眼近在咫尺的童床。

碎米知道她在哪儿，在干什么。

新居里气氛沉闷。有一只鸟儿在窗外的树林里叫。

碎米花了很长时间收拾调色板和支腕杖，然后没精打采地翻草稿。她找不着调色油了。但她还是把蒙古高原画成了爱丽丝的兔子洞。

碎米的自甘堕落让蓬莪术愤怒不已。她从床上坐起来，丢开书。她想做点什么。她四处看了看，趴在床上，露出半边大腿，够过身子，从床头柜上抓过碎米的iPhone。三天前，碎米用它看《甜蜜生活》，看得涕泪涟涟。蓬莪术想，马赛罗在干什么？七天七夜的甜蜜生活都是些什么？偷情、背叛、脱衣舞、寻欢作乐，除了沦丧，还有什么？

"我要是卡尔罗，我会把你揍扁。"蓬莪术气呼呼发誓。

"别碰我的床！它是我的！"碎米朝卧室里喊。

蓬莪术目瞪口呆。没错，她的确在童床上。不在大床上，而在童床上。她把童床当作睡坐两用家具，这样她就不用老是不耐烦地躺在那上面了。但碎米是怎么知道的？隔着一道墙，她是怎么知道的？可那又有什么，她不是也知道她在那片画布上画了些什么吗？她不也隔着一道看不见的墙？

蓬莪术的第一个念头，是把该死的童床砸了。不砸不行。她丢开iPhone，从童床上下来，被床栏绊了一下，差点跌一跤。她根本来不及做什么。

碎米冲进卧室。她手里拿着脏兮兮的画刀，画刀上挂着一滴豆绿色的油彩。她举着它，活像变态的红桃王后。

"离开那里，"她气咻咻地压低声音对蓬莪术下令，"我说了，别碰它。"

蓬莪术呆住了。隔着那张蓝色的梦幻童床，她们在卧室里对峙，谁也没有挪动。窗外传来一声鸟叫。也许不是鸟，是别的什么。

蓬莪术觉得有什么不对。有什么不对呢？难道碎米不是红桃王后？那么她还可能是什么？柴郡猫、渡渡鸟、疯帽匠、鹰头狮或者蜥蜴比尔？蓬莪术想，这一切都是怎么发生的？她想，在宜家家居的分类区，在那个宠爱孩子的父亲对她说"不碍事"的时候，有什么事情发生了，就在一瞬间。也许不是一件事，而是两件事。

蓬莪术站在那里，她觉得自己非常可笑。她想啊想，她想不清楚，只是隐约地意识到，有的时候，也许不是一件事，而是两件事情，或者更多的事情，它们在同一时刻发生了，只是她不知道罢了。

2011年2月22日
于深圳

罗湖游戏

等位的人很多。有人在后面推了我一下。

郭子看我看她，抱歉地耸了耸肩，回头看了一下她身后的熊风，意思不是她推的。熊风一脸无辜，取下眼镜来擦拭，再戴上。我觉得不大可能。熊风一直在说话，他那么做找不出理由。他完全可以在我脑袋上来一下，如果他想要那么做的话。至于林洁，她一直信赖地站在我身后。她冲我抿嘴笑了笑，有些疲倦地换了一只脚，朝我身边靠近一步。我知道也不会是她。一个女人相貌可人，笑靥可心，一般情况下不会在公开场合和人发生身体接触。

我说的是主动发生接触。这是经验。

等位的人越来越多。食府就是这样，一过晚上六点，食客如涌，来晚了就得等位。当然你也可以事先订位，但我没有。我是说我们这些等位的人，都属于没有提前订位的。

我拿定主意等。大家都可以等。谁都没有离开的意思。反正是周末，也没有别的事。周末出城的车辆多，北环路一定水泄不通，还不如等。

我上午去出入境管理部门拿我的证件，下午看了一场话剧。那个话剧里有两只会说人话的鹦鹉螺。不是鹦鹉，是鹦鹉螺。话剧的名字就叫《两只鹦鹉螺的人生建议》。我们都知道鹦鹉螺是自由浮游物，主要生活在印度海域。我觉得我像一个无所事事的人，但其实这只是一个假象,就像人生建议这种东西,它是一种象征性符号,关键在于你是否明白它的暗喻。反正我没有看懂那个话剧,当两只鹦鹉螺不断在舞台上逗人发笑的时候,我一直在想印度的问题。印度人口快要超过中国了,这是一件令人惊讶的事。

"四人台位。有四个人的吗?"领位生满头大汗地过来。等位的人们往前挤,场面有点儿乱。四人组的等位者有不少。五个人的也愿意凑合着坐一桌,只要能提前拿到位子,大家都不想看着别人油头油脑地啃纸包鸡。我站在最前面,我的权利受到了侵犯,有些不高兴。我有理由不高兴。

我举起手里的号牌。其实不用号牌,谁都看得见我,在白宫忙着对付利比亚局势的奥巴马除外。

"一起的?"领位生看着我身旁和身后。

"嗯。"我反应有点儿慢。但还好。你必须把鹦鹉螺纵切之后才能看到它的好处,比如它众多的气室。它没有脐眼,你不能指望谁都看明白它。

领位生走在前面,快得像在蛋清里滑动的蛋黄。我打头,林洁和郭子亦步亦趋。林洁下意识地牵着郭子的风衣摆,她的样子就像怕被人挤碎的瓷娃娃。瓷娃娃是易骨折病人的敬称,这是一种罕见的疾病。熊风有些不情愿地吊在后面,不断地被来往的传菜生堵住路,停下来,取下眼镜擦拭,再戴上。

天阴了一段时间,空气里潮气重。也许不是,是清洗地板的时候工业碱放少了,油腻没去干净。

我们在 35 号台落座。真是不错的位子,数字也吉利。但我实在想不出来它为什么吉利。林洁很自然地挨着我坐下,替我扶正被铺台布的服务生碰歪的椅子,再接过我的外套挂在椅背上。我闻到她身上淡淡的香水味。

我想起在埃及买的那瓶香精,它现在去向不明。埃及正在动乱,我为现在不知道在什么地方做祈祷的穆巴拉克和他的家人感到担心。我想念东部沙漠风化掉的大理石。

熊风坐在我对面,帮郭子撩起风衣的下摆,躲过翻台员满是油腻的推车,让正准备走开的领位生拿过一张空椅子,这样,郭子的风衣,还有她和林洁的手袋就有了归宿。

"怎么这么多人?"郭子烦躁地看大厅里攒动的人头,整理了一下热气蒸潮的头发。

"我们还是排上了。"熊风欣慰地安抚郭子。

"你们那边不挤吧?"林洁看着服务生把四个人的外套用套布套好,把椅子往后靠了靠,示意我学她的样子,给郭子和熊风腾出点空间。他们那边有一桌东北人,男人们吆五喝六地喝着酒。一阵犹闻蟋蟀声的谷物香飘来,大约是他们自带的原浆。

一个满脸挂着悲哀的黑衣服务生过来,麻木地看我们一眼,掏出笔写菜单。

"小蘑菇烧直排是个不错的选择。"熊风翻着菜牌说。

"椒盐大虾也不错。"郭子指点他。他立刻示意服务生写上。

"你们觉得五谷杂粮怎么样?"林洁有些拿不准,先看我,再看熊风和郭子。

好女人都这样,不偏食,会尊重所有人。我认识的好女人无不如此。菜单就这么决定了。当然我什么都没做。我不知道我能做什么。人多的时候就是这样,分工明细,轮不到我做的事情我就站到一边,耐心地等待,或者研究男人的商务休闲装。

这方面我很有心得。比如熊风那套NEW YORKER牌休闲装就有问题。

他不该穿大领衬衫。他肯定以为领大就代表大气。他就不想想,这样他至少需要再长高五厘米。他应该换一件带袖扣的八字领衬衫。

茶很快上来。是熊风代大家决定的。有失眠症的人晚上最好喝普洱,我们也不例外。

"我要是店家,不会让大胸的服务生写菜单。"熊风够长脖子,目光追踪着走开的黑衣服务生。"她们胳膊同样有劲,为什么不安排她们去洗碗?"

"说什么呢?"林洁不高兴地白了熊风一眼,下意识地含了含胸,把椅子往我身边挪了挪。我不知道应该怎么办。我对瓷娃娃的问题一点研究也没有。我觉得我还是什么也不说的好。

"就是。你怎么这么庸俗?你简直太庸俗了!"郭子大声支持林洁,抢白熊风,"我们也可以说大鼻子男人不许上街的话,我们说了吗?大也是错误,女人怎么活?要小了你干吗?你不指责犯罪呀?"

郭子声音很大,一旁的一对老人回过头来看了一眼。这种问题上,女人永远支持女人,不会出现奇迹。

熊风内外受挫,明显有伤,讪讪地掏出香烟。郭子毫不客气地打了他一下。他看一眼郭子,香烟收回去。

我觉得气氛有点不对。大家都不兼容。我说不清今天怎么了。也许大堂的空气置换器没有打开。反正有些怪怪的。我看了看自己身上的衬衫。我也该换一件尖领的衬衫,这样也许就对了。

"是不是喝点什么?我是说,你们也许想喝上一杯?"我看着大家,用商量的口气征求意见。

"好主意。"熊风来了情绪。他看了郭子一眼。

"为什么不?今天是周末呀。"郭子雀跃,手机关掉,装进手袋,手袋交给熊风重新放回空椅子上。

"你们决定吧,我没意见。"林洁看大家。"我听你的。"她扭过头看我,冲我信赖地笑。她把椅子往我的方向挪了挪，替我把我那份湿巾放正，放在筷子旁边，筷子套也取掉。这样好多了。

"白酒怎么样？"熊风抢着说，"你俩要不行就来红的，我俩来白的。男女有别嘛。"

熊风说的是我。一提酒他就兴奋，这个李逵的孝子贤孙。"一会儿我们玩罗湖游戏，助助酒趣。"他说。

"什么罗湖游戏？"我停下开湿巾包的动作，抬眼看熊风，再看林洁。先前她为我仔细清洗过杯碟，她在这方面就是过细。我倒不怀疑餐具保洁公司，不过我应该做点什么，比如替她把湿巾包打开。

"听他的，"郭子不屑地撇了一下嘴，"他就知道吹。刚才等位的时候，他对人说楼价下个月就跌，好像他是市长。"

"你问我要等多长时间，我说用不了半小时，我说对了吧？"熊风急赤白脸地辩解。我不太喜欢他这样。男人还是有点儿风度好。不一定风度翩翩，但至少说话的时候，别对着女人喷唾沫。

"如果连逻辑能力都没有，要你干什么？你不是男人吗？"郭子还嘴。她盯着熊风的手。他又把烟掏出来了，看一眼郭子，又收回去。

"算了，都少说两句，大家都不容易。"林洁息事宁人地劝两人。她朝我看了看，把我放在桌沿上的手拿开，给我斟上茶水。我看见浑浊的茶水在杯子里滚动，一些茶沙快速沉向杯底。

林洁就是不一样，不光人长得好看，还善解人意。她是四个人中模样最好的——应该是两个，她，还有郭子。我和熊风不能算在内。男人要比就比大脑容积。熊风看上去脑袋的体积不小，但基本上都是头发。他有一脑袋油光水滑的头发，不知道用什么牌子的香波，但容积就难说了。郭子也不赖，身材高挑，脸蛋挺吸引人，发式和着装都不俗。要知道，拉拉·萨尔玛式发型可不容易保持，她保持得挺好，飞扬而不跋扈。要是她不老拿眼白剜人，那就更好了。但我的确没听说过罗湖游戏，那是什么样的游戏？

"刚才你们谁推我？"我问三个人。

"谁什么？"林洁担心地问。她看着我，用一只手轻轻扶了一下我再次放到桌沿上的胳膊。她眸子里有一种担心，好像有人当着她的面揍了我。我以为我说得够清楚了，但看来没有。

"等位的时候，有人在后面推我。"我不想吓着她。我看着她说。

"推了吗？好像也有人推我。"熊风说。他看郭子。他的眼神模棱两可，看不出是在征求说话的口气，还是在指认什么。

"肯定不是她。她不会推你，要推了也会告诉你，谁叫她这么黏你，尾巴似的。"郭子一脸揶揄，"也不是我。我想推也够不着,中间还隔着他呢。你们没看他那个样儿,老抢着和人家说话,就没见过这种话急的。"

林洁抿嘴笑,明显对郭子的话受用。她又看了我一眼,替我扶正骨碟,隔着桌子,用眼神回了郭子一个对她发型欣赏的目光。这个我们都看到了,不用再表示什么。

"就是说,是我推的。"熊风看出郭子没生气,有意逗郭子。他点菜点得不错,一样也没落下,心情舒畅,现在心思全放在郭子身上。"你不是我的尾巴,但你总问我,问了好多次,我没法不话急。你还踩我的脚。"

"谁叫你老看我,眼睛都不眨。"郭子抢白他,"有点公德好不好?要看换私下场合看,场合多的是,有这样当着人的面装近视的吗?"

大家都笑。郭子有时候挺逗的。熊风笑得喘不过气。我没笑。我对这个不在行。我对什么都不在行。我这个人太严谨,生活无趣,基本上找不到谈话对象。我很想改变这种情况。但我不明白如果我笑,我该为什么笑、怎么笑、在什么地方打住?

我在想,是不是等他们笑过以后,把鹦鹉螺或者建议或者城市的事情告诉他们。也许这是一个不错的话题。我在西非的礁丛中采过贝壳。我会使用万用刀和塑料标本套,能讲一些掘足纲腹足纲之类的故事。但我拿不准他们是不是愿意听。你说这他妈的算什么事,大家在笑，我在为这个苦恼。

食府严格遵守深圳速度，菜一会儿就上来了。酒也上来了。一瓶十年窖青花瓷，一瓶限量版干红。熊风对酒颇有研究，两瓶酒点得大家都很满意。但也难说。酒要对情绪，这个谁都把握不住。

红酒在醒酒器里醒着，熊风先给我和他自己斟白酒。问林洁和郭子。林洁自律，不沾白。这符合我的愿望。郭子踊跃报名。我们三个人先喝上，林洁用核桃露陪着，不断为对面的郭子和熊风布菜，间接也给我布菜，看似殷勤中没有偏着谁，给我菜碟里拣的咖喱蟹是传说中壮阳的前螯。我看了林洁一眼。她幽幽的目光等在那儿，冲我一笑。

"新好主妇，谁摊上谁享福。"熊风神色暧昧地瞥了我一眼，和我碰了一个，由衷地问林洁："没参加和谐家庭评选吧？不应该。"

"喂。"郭子朝熊风瞪眼，不满意地看我一眼，再瞪一眼熊风，"有你这样吃着碗里盯着锅里的吗？人家请客，不会说两句中听的话？再说，谁摊上谁是什么意思？难道女人就是煎饼，只配让男人摊来摊去？女人就不能煎男人？你没看出她是在煎他？"

我看林洁。林洁脸红成深南大道上的灯笼，不说话，埋着头剔鱼刺。鱼是深海鱼，刺不多，这个没有问题。也不是发型的问题，是郭子。郭子的做派是突破王子光环的那副架势,就是说,她顶着拉拉·萨尔玛发型出来,那个发型不是随便打理的,她可能就是拉拉·萨尔玛·贝娜妮,就是那个出身平民,只接受一夫一妻制,终结了摩洛哥王室三宫六院习俗嫁给国王穆罕默德六世,婚后被册封为拉拉·萨尔玛公主的女人。她这样谁也招架不住。

"我的错我的错。我自罚一杯。"熊风伸手取酒盏。

说是自罚,结果我陪着。都是兄弟,总不能看着谁落难。郭子本来没有端杯子,看出我没有生恼,林洁脸上绷着,心里其实暗自喜欢,也就端了杯子,但仍然不依熊风,要熊风加饮一杯。这回谁也不许陪,他自理。

"说说罗湖游戏,是怎么回事?我怎么没听说过?"我偏过脑袋,让开林洁斟酒的手看熊风。

熊风怔忡了一下,扶了扶眼镜,扭头看郭子。郭子也看熊风。两个人默契地眨一下眼睛,样子诡谲。

我不明白有什么问题。我在脸上摸了一把,回头看了看。远处等位的人并没有少下去,正是晚餐高峰期,少不了。肯定不是这个,但我想不出还能有什么。

"你俩不要欺负他。他真不知道。"林洁不干了,收回酒盅,让过熊风要酒的杯子。

"凭什么不知道?有理由不知道吗?"熊风说。

"不知道就是不知道,要什么理由?"林洁不明白。

"你怎么知道他不知道?他在你面前坦白过?在什

么地方坦白的？"熊风拉长声调说，酒杯还伸在那儿，意味深长地看林洁一眼，再看我一眼。

"要这样，这饭没法吃了。你们告诉他，不告诉他你们喝茶，他喝酒。"林洁满脸通红，把酒盅往怀里的方向收，不肯给熊风。

"有这么护犊子的吗？不兴这样啊。"熊风手长，酒杯直接伸到林洁面前。

"为什么不兴？"郭子说。"兴吗？"熊风说。

"你不是看见了吗？再说也不是犊子。"郭子说。

"有也回家护呀。是不是犊子，反正差不多。你这算什么？假公济私嘛。"熊风说。

郭子要忍没忍住，捂着嘴笑，就差没窝到地上去。笑过以后她要说什么，胳膊碰倒了自己的酒杯。熊风连忙放下酒杯，替她挡桌沿上的酒液。

林洁先接不住话，看事情闹大了，红着脸看我一眼，放下酒盅，站起来，取出一沓纸巾递过去。我看不惯林洁做这种事。事情因我而起，我不想谁替我担当。我从她手里接过纸巾，隔着桌子递给熊风。

忙乱了一阵，桌上收拾好，这回熊风抢过酒盅，为郭子重新斟上。郭子嫌斟得少，茶七酒八，熊风没斟到位。熊风拿手指头点郭子。这回郭子没生气，妩媚地飞了熊风一眼，亲热地拍了拍他大叉开的腿，把烟灰缸递给他，让他把隔着咖喱蟹的客家豆腐递给她。

"谢谢。"郭子说，拣了两块豆腐，菜盘递回给熊风。"我一直在观察廖真珍。"

"谁是廖真珍？"熊风端着菜盘问。

"我们办公室一个老姑娘。"郭子说，用纸巾抹去嘴角的蟹汤。

"真是。"熊风摇头。

"什么意思？"郭子回头看熊风，不干了。

"没什么意思。"熊风说。

"没什么意思你摇头干什么？"郭子盯着他。

"不摇不摇。我没意思。你说。"熊风把自己定住。

"说什么你都有接的，我知道从哪儿说？"郭子说。

"老姑娘。"熊风提示。

"她和她男朋友一起生活了七年。"郭子说，"我一直在等。"

"等她还是等她男朋友？"熊风问。

"你要再说一句话，我就把你赶到另一桌去。"郭子这一次真生气了，眼里有刀子，"我等她和她男朋友干什么？我是在等着看她能熬到什么时候。"

"明白了。"熊风点头说。

不光林洁，我也笑了。真是一对活宝。你拿这种活宝完全没有办法。郭子也没有办法。她狠狠地瞪了熊风一眼。

"你们猜怎么的？"她继续说，"我还真等对了。她熬不住了。"

"有这事？"熊风来劲了，眼睛一亮，扶了一下眼镜，"是她熬男朋友熬不住，还是她熬她的这一个男朋友熬不住了？"

"有区别吗？"郭子不明白地看他。

"当然有。"熊风振振有词，"她熬男朋友熬不住了，就让男朋友升级，他俩结婚，男朋友变成丈夫，接着熬。她熬她的这一个男朋友熬不住了，就踹了他，另找一个男朋友，从头熬。"

"真有你的。"这一次郭子没生气，大概觉得熊风说得有道理，也有趣，笑了一下，"算你猜对一半。她和我们局里一个新分来的大学生好上了。"

"我说对了吧。"熊风得意。

"对什么？说你对一半是照顾你的自尊。"郭子把从熊风那边飘过来的烟赶开。我注意到她的动作，也注意到他手上的烟卷，不知道他是什么时候变出来的。"她是改革开放年代出生的人，那个大学生是八〇末。难以置信。"

"我看没有什么不好。"熊风说。

"好什么？两个人年龄差距那么大，十来岁吧。他们怎么相处？"郭子质问。

"你是指社会经验还是指性？"熊风从容地把筷子悬在半空中，"年龄不代表社会经验，也不代表性。云南有一个男人,八十七岁,生了个儿子,DNA检查,那孩子确实是他的,没弄错。好像是瑞丽的吧。"

"又来了。"郭子没好气地说。

"来什么?现代医学证明,男人到九十岁仍然有冲动。你说男人怎么会这样?"熊风笑着说。

"你能不能在脑子里多安几条通道,别张嘴就是正己烷①?"郭子抢白道。"苹果公司够阴损了,深圳也查出了三百个受害者,你还嫌毒气不够?再说,你九十岁,人家那个大学生才二十多岁,你要提供也提供男人什么时候性成熟的报告。"

"不是我,是云南老大爷。"熊风连忙解释。

"一样。有些人就是这样,恨不能用男人的无聊来打垮全世界。"郭子说。

"她男朋友怎么办?"林洁显然不关心云南老父亲和年幼的大学生的事,"我是说,她原来的男朋友,他怎么办?"

我心里一动,为林洁布了一筷子客家小菜花。用的是公筷。我能肯定她对老姑娘的看法,也大体上能猜出她对男朋友的期待,但我拿不准她对泡在海鲜酱油里的鲑鱼的好恶。女人说不清楚,有时候她们依恋你,有时候她们恨不得你立刻下地狱。

---

① 用于工业清污的有机溶剂,挥发快,致毒,2011年苹果公司中国供应商员工集体中毒事件的罪魁祸首。

林洁看上去很安静,至少这个时候如此。她为客家小菜花的事冲我笑了一下,朝我身边靠了靠,一脸关切地看着郭子。她的嘴唇油晃晃的,像上了唇油。

"这个我没问。我和她关系不好。"郭子说。

"难怪。"熊风说。

"难怪什么?你以为我是在等这个?你们知道,办公室第六规律,好不了。有好的吗?我不该问这个。"她看出林洁的失望,笑了一下,"动动脑子,亲爱的,不至于连这个也想不到吧?那还不死去活来?但也难说。如今的男人,除了衣服上的商标,什么你也看不透。你看透了?"

"也不绝对。"林洁飞快地看了我一眼。她看出我对这个话题不感兴趣,本来打算收住,但没忍住,"世界那么大,什么样的人都有,也有忠贞不渝的男人。我还是相信爱情。"

我不是不感兴趣。我只是对办公室的事情没有经验。那种地方,到处都是陷阱,没有经验真是寸步难行,特别是刚出生的小动物。

"向朱丽叶同志致敬。"郭子捉了酒杯和林洁碰杯,白对红。

林洁这次一点也没犹豫,小胸脯挺得老高,杯沿慢慢往下倾,杯里的酒一滴没剩下。

"白干。"郭子放下空酒杯,"实话告诉你吧,廖真珍和两个人都挂着。她男朋友——我说的是她前男朋友，他知道这个，他就这么忍着。没想到这个结果吧？真是让人想不到，怎么会有这样的事？"

"有什么没想到？我就想到了。"熊风说，"这种事很正常。"

"你什么意思？"郭子回头看熊风。

"我不是说我。难道我说的不是事实？"熊风辩解。

"我最痛恨那种种在瓜棚里往刺槐树上攀的。"郭子不依。

林洁想说什么没说出来，是没经验接这种话。没经验，但也不肯承认这个结果。她轻轻叹息一声，椅子移动了一下。现在她已经紧傍着我了。她抬脸看我，眼含委屈，目光蒙眬得不像话。我知道她受了伤害，但我能拿这种事怎么办？

"你说办公室的事，他俩借题发挥。你说，他俩算不算有碍公德？"熊风用筷子头点我和林洁，开玩笑地问郭子。

"说人家干什么？说你自己呀。"郭子鄙薄地说，"你也可以说'早上好'，你也可以说'对不起'。推理都推出来了，还是没有逻辑，难怪说到你们男人就接不上嘴。"

"怎么接不上嘴？"熊风狡辩。

"你以为真让你接嘴呀？你的嘴到这儿工夫空下来了

吗?你看人家两个,人家多亲热,你呢?"郭子抢白。

熊风自讨没趣,有点受打击。但也不一定。他朝两边看了看,站起来,示意郭子也站起来。郭子不理他。他放弃了。是放弃了一半。他把自己的椅子往郭子身边挪动,再挪动了几寸,骑着桌角坐下。现在他俩也有点傍着了。他满意地自饮了一杯。这回没有人陪,三个人都看他。郭子眼带嘲讽。我一脸的无趣。林洁扭过头捂住嘴偷偷乐。

大厨从大厅里过。他戴着高高的大厨帽。可能是去洗手间。在大型食府中寻找并且走到洗手间是一个系统工程,通常需要耐心与智力。这件事谁都可以理解,总不能把洗手间挪到大厅里来。

大厨看见我。他绕过东北人朝这边走来,冲我扮了个鬼脸,样子滑稽。

"还好吧?"

"挺好的。"

"菜怎么样?"

"还行。"

"怎么没给续茶?小李,小李你过来,怎么回事,没看到茶干了吗?连续半个月了,这鬼天气。"

他说的是阴霾。深圳很久没见到阳光了。有一百年了吧?我心不在焉,又想起罗湖游戏的事。它是一种什么样的游戏?怎么我没听说过?我对游戏很在行,不可能没听说过。我决定一会儿继续问熊风，也许里面暗藏玄机。也许很有意思，真是我没有玩过的，这就是个问题了。

有些事情就是这样，人们嫌累，或者受到伤害什么的，可没有经历过吧，就觉得人家都经历了，自己也该经历，不经历亏了。

"你们慢慢吃，好好享受。"大厨朝桌上的残羹冷炙看了一眼，"就这么几个菜？再加个干锅泥鳅。刚出的菜式，回头率很高。算我请客，一会儿我给你们亲自操勺。"大厨抓了抓裤腰走开了。

菜不少，当然也可以说不够多，特别是对大厨来说。又喝了一阵。开了第二瓶青花瓷。我们都有了醉意。林洁好一些，红酒上脸，眸子聚光，这样她就更加光彩照人。其他三个人在劲头上。熊风和郭子自相残杀，憋着劲儿让对方下地。主要还是熊风缠着我喝。有时候郭子耐不住，冲上来救熊风，和我碰。我真的不行，又不是研究休闲商务男装什么的。熊风后劲足，看得出红白通吃，一般情况能对付。但两个人内外有别，这一点我看出来了。

郭子让熊风替她取手袋，她拿自己的香烟。熊风嫌麻烦，用自己的香烟替她点着，顺便也给自己点上了一支，把烟灰缸往郭子面前支。

印象里，雅尼在消失了八年后带着他的新专辑《探秘心灵》回来时，我也这么使用过烟灰缸。我流着肮脏的眼泪把烟灰缸推向音响，浑身发抖。雅尼那个时候爱上了潜水，但我是因为他把胡子剃掉了而难过。混搭乱炖什么的，我记得人们是这样评价他的音乐的。

我们没有玩"小蜜蜂"和"人在江湖漂"。深圳发展速度很快，这些游戏已经过时了。四个人，"天黑请闭眼"也没法玩。杀人要超过十二个才杀得起来。如果有十六个人，或者更多的人，妖魔鬼怪就出来了，那个场面会令阿加莎·克里斯蒂瞠目结舌。

"再来块豆腐？"熊风问郭子。

"我吃撑了。"郭子说。

"休息一下，腾腾肚子。"熊风同意。

"我不明白叶少芬是怎么想的。"林洁苦恼地说。

她向郭子要烟。熊风给了她一支，够着身子打燃火机。我朝她看了一眼。就像大家一样，我不喜欢她抽烟。她用食指和中指夹着烟的姿势的确迷人，但众所周知，女人抽烟伤皮肤。她现在谁也不管，也没看我。也许她从来就没有管过谁，她看人并不代表她在看人，那只是一种误会。

"她怎么可以恨我？"林洁说。郭子耻笑了一下。这惹怒了她。"天哪，我碍着她什么了？"

"你碍着她什么了？"郭子问。

"我怎么知道？我要知道就好了。"林洁说，"我现在才知道，贫穷是怎么把一个人杀掉的，嫉妒、敌视、怨恨和仇恨，还有什么？你说，还有什么？你要告诉我了我就认。"

"说说，怎么回事？"郭子怂恿说。

"不兴这样，庸俗，知道吗？"熊风有些醋意。

"乖，一会儿出去让你好好看。"郭子安顿好熊风，充满热情地鼓励林洁。"女人仇恨女人，可以有原因，也可以没有原因，这你得分辨清楚。"

"分清什么？"林洁说。

"你不会说你连这个都不知道吧？比如说我就可能仇恨你。当然我用不着这样，但你怎么能肯定？"郭子说，"主要是你得提防暴力倾向。肢体行为只是暴力的一种，事情比你想象的复杂。你俩过节到了什么程度？"

"天知道什么是程度！我和她没有过节。我和谁都没有过节。"林洁说。

"不可能。"郭子说。

"什么不可能？"林洁气愤地说。她的样子像受到母亲冤枉的孩子。"我总是让着她。她把我的练功服都踩在更衣室的污水里了，连续一个星期我都呕吐。"

"不是因为别的？"郭子朝我看了一眼。她真是的，她这样做有什么意思？有意思吗？

"别的什么？你说别的什么？"林洁不安地朝两

边看。

"她是说,有没有移情别恋这种事。不是说你。你不会,这个谁都能看出来,但另外的人也许会。"熊风说,"这种事情经常发生。"

"我都说了,我和她没有任何过节。"林洁说,"我就是不明白。我现在还心里发慌。也许我该去看看医生。你们谁知道哪家医院适合接待这样的病例?我现在就头疼。"

"你别头疼,头疼有什么用?"郭子不满,"你得还击,亲爱的,不能退缩知道吗?有的人就是这样,你一退缩她就来劲儿。"她很有经验地说,"看我干什么?无辜的大眼睛没有用,有用吗?"

郭子把熊风碰过来的酒杯推到一边。酒泼洒出来一些,剩下的熊风没浪费,干掉了。熊风又给自己来了一杯,要和郭子碰。郭子不碰,还要和林洁说。

"别添堵了。"我觉得这种情况没有意思,真是没意思。我宁愿他们再加一个菜。菜碟里还剩下一些青豆和肉皮,手撕包菜里的干辣椒也没人动,但再加一个菜我也不反对。我拦住郭子:"没看她情绪不对?"

"你拦她干什么?"熊风为郭子说话。"情绪拦得住?女人拦得住?你拦得住真理吗?"熊风鼓动说,"你让她说下去,让她俩说下去。"他还是给郭子斟满了酒杯。他把酒杯端起来,举向我。"干,为了友谊。"他说。

"我一点都不相信这个。狗屎友谊。"郭子怒气冲天。"你们说说,有狗屎这种友谊吗?她受了欺负你们知道吗?她在受欺负,如果这个你们还不明白,你们也是狗屎!你们男人全都是狗屎!全世界都是狗屎!我真是看不惯,真是受不了你们!"她去抓酒盅,"你们还喝不喝?谁跟我喝?"

没人跟她喝。林洁红着眼圈,不是喝的,是委屈。我阴郁地沉着脸。我想他妈的,算什么事呀,等了这么长时间位,空气里湿度这么大,真是他妈的。熊风摇晃着站起来,想去服务台那边看第三瓶青花瓷。他有些喝多了,走路困难,就算了,重重地坐下。现在大家都沉默了。

熊风让自己坐正,清了清喉咙,看了一眼林洁,再看我。郭子要说什么,熊风轻轻碰了碰她。他把郭子弄掉在地上的餐布捡起来,放在她大腿上,又在那儿拍了两下,手没拿开,示意她别再问。他的意思是,如果她想问,他就和她喝酒,不管她是不是拉拉·萨尔玛,发不发怒,这次他都会豁出来跟她干。

"那什么……"熊风说。但后面的话没说出来。

我不知道该不该把林洁搂进怀里。有些事情最好不要去触动它,就像你不要对一头离开了象群的公象唱斯瓦希里民谣,或者不要在休眠着的火山口举办迈克尔·杰克逊的演唱会。不过,好像已经来不及了。

林洁哭了。她抬手掩住滚落下的泪珠,把脸背过去,不让三个人看。我失去了机会,去拿纸巾。湿巾都用过了,纸巾也都浸泡在菜汤里。熊风面前有一大堆,他老是擤鼻涕,用量很大。他把郭子用过的餐巾又用了一次。

我回头找服务生。林洁快速站起来,离开桌子,往洗手间方向走去。郭子看了我和熊风一眼,低声地骂了一句什么,起身跟了上去。

我觉得很没趣。我没有想到事情会是这样。我觉得这顿饭吃不吃都可以。说实话,不吃可能更好。熊风遗憾地摇了摇头,张嘴想说什么,没说,伤感地摇了摇头,拿起空烟盒看了看,捏掉扔在桌上,够过身子摸摸索索去郭子的手袋里掏出香烟,递给我一支。我没接。熊风也没给自己点,呆呆地看麦秆似的女性烟。我们就等着。

"也许明天阴霾就散了。"熊风无聊地抬起脑袋朝四下看,摇晃了一下身子说。

"也许。"我说。

"有些事情哪……"他用力摇头,表情痛苦。

"也许。"我说。

我知道他喝多了。我还知道他想找个地方把喝进去的东西吐出来。天返潮得厉害,大厅里闷得很,这就是春天的结果。我看见有个女人指着一个男人的鼻子快速地说着什么。一个传菜员的手指在刚出的菜里烫了一下，他咧着嘴把手指在身上揩了一下。在更远的一张台子上，一个换台员差点儿砸了一只碟子，她抬眼朝四下看，庆幸地偷偷笑。

我看见郭子和林洁手拉手过来了，两个人在说着话。郭子像个在第八回合结束之后给自己的拳手出阴招的拳击教练，不耐烦地推开从身边走过的人。林洁不断点头，环顾四野，不知道是不是在寻找用组合拳打倒她的那个人。我收回视线。我觉得差不多了。行了，够了。

等林洁和郭子回到桌上，我问三个人。我没看林洁。我总是在事后才知道有些事情我不该让它们发生。但事先知道了又怎么样呢？我只看盘碟里所剩无几的菜。大家都同意结束。菜式总体上还行，酒正好，这个周末算是没白过。

林洁把胳膊搭在我肩膀上，够过身子去接郭子递过来的手袋，头发扫过我的脸，留下淡淡的香味。在此之前，在她和她的教练回来后，她不好意思地冲我笑了笑，意思是抱歉，要我别为她的幼稚记恨她。这个我知道。她的胸脯也压住了我的肩膀。只有那么一会儿。

熊风打了个嗝，提醒大家别忘了拿齐自己的东西，尤其是钱夹和手机两样。他问郭子要不要把剩菜剩酒打个包。也许他的意思是别浪费了，可以拿回去喂宠物什么的。郭子脸色郁悒,没有理他。我们谁也没有理谁,各自起身整理家当。这顿饭吃的。

然后大家就走了,像日本八点八级大地震时被海啸带走的游轮,快速穿过人群,很快消失在大门口。

在收银台等着埋单的时候,收银员算错了一次账。这很正常。不是培训的问题。谁都在算错账。领班过来训斥收银员。他看着我训斥她,口气严厉,好像错是我犯下的。他把我弄笑了。

我想,他们会去哪儿?喝了那么多酒,车肯定开不成了。要不就打车,车留在车库里,明天再来取。我还想,他们是谁?他们是干什么的?比如二医院的医生、光明新区的公务员、群艺馆写小品的,或者法院郁郁寡欢的办事员?但是中途加的那个干锅泥鳅没有免单,照算在小票上。我觉得没有必要较真,尤其是在大潮退下的食府。我坚持让收银员打发票。不是报复,是公民行为。我是一名公民,我可不想让谁占政府便宜。

我离开食府,走上车水马龙的大街。风一吹,我清醒了不少。

关于这顿饭,疑点很多。我为什么非得在食府等位?我来这里干什么?那个大厨模样的男人是谁?罗湖游戏到底是什么游戏,怎么玩?直到最后他们都没说。还有,我根本不认识他们。我是说,林洁也好,郭子和熊风也好,我不认识他们。我连他们叫什么都不知道。他们的名字是临时取的，我取的，凑合着用一下，以免把人弄混了。所以，三个人都取了单名。

名字这种东西，你可以信，也可以不信。

2011年2月23日

于深圳

台 风 停 在 关 外

一只胖乎乎的蜥蜴回头看了我一眼,带着它的红色条纹快速弹射进灌木丛中。

我躺在草地上,枕着胳膊,鼻梁上架着黑超,镜片上有无数油渍的指纹,能闻到类似香煎虹鳟鱼的味道。密码箱就在我脏兮兮的软底鞋旁,它看上去不起眼,但很沉,上面停着一只被覆白色斑点的一字蝶;它大概把密码箱当成了忍冬,屏气凝神钉在滑溜溜的锁扣上。

那可不是一般的密码箱,我要说它价值连城,整个南山分局的刑事警察都在寻找它,你最好信。

在决定下一步行动前,我需要一点时间好好想一想。

远处有一些黄昏之人,在运动场上玩着地滚球,或者站在一棵相当年轻的植物前发呆。那些老人,他们像草地上的原住民,一个个悠闲自在。

本来一切很安静,直到他们朝这边走来。

那个姑娘穿着白色T恤、红色帆船鞋、短到让人担心的迷你牛仔裤。相比较,小伙儿很正规,衣着庄重到有点矫情。他俩都很年轻,就像十年前的我。我记不得我有多大,三十还是三十二。

那对年轻人很挑剔,选了好几个地方,草坪中央、一片凸起的花坛旁、椰棕树的树冠下,最后坐下来,离我不到十尺。

他们坐在一千棵朝气蓬勃的青草上,和阳光在一起。

他们看到躺在紫荆树丛后面的我了,但他们不在乎。

小伙儿在草地上铺了一块事先准备的再生纸布,很快,那上面就出现了一家遭到抢劫的惠多店。蝶形花丛遮挡住,看不见宴席的具体细节,可以想象,围着椰子饮料的一大堆零食中,一定有牛肉味的兰花豆、奶油味的开口榛子、马来西亚鲜蔬饼、泰国辣味鱿鱼丝、鸡汁豆干和焦糖爆米花。要是再来一瓶红酒,大概没人会反对。

一般情况下,我不吃零食。要是泥菩萨不是因为贪吃盐脆花生让警察从一旁猛冲上来扑倒在惠多店门前,至少我现在还有一个朋友,我们可以在阳光下说话,不至于落得孤家寡人。

"干吗穿成这样?"那姑娘说。她不断地摆弄着短发,好像随时在担心人们会不喜欢它。

"半个月没见,就当我殷勤。"小伙儿说。他有一张厚嘴唇,看上去他有很多话要说,需要那样的嘴唇。

"我说鞋。"

"你不喜欢?"

"不是说好了,省点吗?这么隆重,以后怎么办?"

"不是要见你吗,所以买了新的。你是不是觉得,我这样很蠢?"

我觉得，他们应该去荷花湖那边，湖里的水很干净，适合洗脸，这样，他们接下来就可以接吻了。

我有三天没换衣裳了，衣领上有一股退潮后滩涂的味道。也许再过几天，我可以试试去光明新区租一间房子，结束角马似的逃亡生活。如果在房租问题上顺从一点，老板娘大约不会复印我的身份证。但也许用不着了。

透过紫荆树丛，我看见那姑娘不知道该怎么办，站起来又坐下，换了个姿势，蜷曲一阵，再把结实的双腿伸展开。她的两条腿在阳光下镀了一层柔和的釉彩。小伙儿盯着那里看了一阵，把目光挪开，神经质地扯他的裤腿，一副烦恼样子。我敢打赌，他的底裤款式和质量都不怎么样，要不根本就没穿，不然他早把假模假式的西装裤脱下来丢在一边，不至于皱住了。

"怎么啦，你受伤了？"姑娘拉开一截小伙儿的裤腿，凑近了脸看。

"没有，就磕了一下。"小伙儿收回脚不让她看。

"怎么不小心一点？说过多少次，你要吓我到什么时候？"

"但是，刘转运就惨了。那个杂种，他把爹妈给他的胳膊整个地喂了截材机。"小伙儿笑，"谁都知道，他再也没有多余的胳膊可喂了。"

"你能不能不讲这个？"姑娘不高兴地瞥了小伙儿

一眼,"一点也不好笑。"

"好吧,我不讲。"小伙儿不笑了,抻了抻裤腿。

他给她喂零食。我从没见过这种喂法,像喂一只刚出生的袋鼠。但我也没见过别的喂法。

"别这么看我。"姑娘有些不自在,或者说,害羞,像怕被人胳肢,躲开他凑近的手。这让他不高兴。

"我要你去我那里,不然就开房,你不干。"

"还想不想过日子了?再说,你那儿这么远,我可起不了那么早。你不至于昨晚看了一夜情色片吧?"

小伙儿咻咻地笑。

笔架山头堆积着浓厚的积雨云,但太阳还在头顶。天气有点闷热,台风"泰利"大概登陆早了。

两年前"凡亚比"到来的时候,我还会笑,腮帮子活动自如。再早一年的"莫拉克"是值得纪念的日子,我在飓风到来的时候正式成为蒙面"佐罗"。八年前的"龙王",我的情况还没有那么糟糕。而九年前的"伊布都",事情都是那时候惹出的,我怎么知道外面的世界并不如意,在家乡之外,有人会不欢迎我,他们恨不得我立刻去死。

我那么躺着有点不舒服。腋下也有稠密的海葵味道。好像昨天没换纸内裤,裆里有点磨得疼。我知道我的头发中藏着一些潮热带来的丘疹,如果目前的情况再持续一段时间,头发再掉上一些,这些可怜的小东西就会露出马脚。但还能有别的可能吗？就算雨季不来，回南天也会来，还有台风。

"我猜你想要。"姑娘咯咯笑。

"猜对了。"小伙儿说，挪动一下，够过身子，隔着两寸宽的阳光看姑娘，这个姿势并不容易。

"你什么时候才能改掉粗鲁？"

"那样你会答应提前一年把事情办了吗？"

"什么一年？我们没谈过这件事。我们什么也没谈过，提什么前？"

"好吧。但我们可以谈，对吧？"

"现在，不。"

空气像透明的绸缎，飘动得厉害。一只后翅上缀满繁星的螳螂从头顶上的那片天空飞过，然后是一片无动力伞似的白蜡叶。

我知道我自己，此刻我的脸上浮着困惑的笑容，那种被外界猛踢了一下，但内心并没有感觉到，或者感觉到了，已经激不起反应了的笑容，就像你把一块小于一千克的陨石投进贝加尔湖，你明白这个意思吧？

"我希望时间过得快一点。"这回是小伙儿先开口。

"什么意思？"

"刚才说的那件事。我们现在可以谈。"

"可惜，什么都来得及。"

"你答应提前了？"

"到底是怎么回事？你想干什么？"

她朝他尖声叫。他干涩而短促地笑了，尽管她的抢白没有什么好笑的。

我凝视着草地尽头，那里有一些我叫不出来的植物，它们的树冠被人尽可能地修理出顺从的样子，好让人们能从它们的身上找到点乐子，或者相反，向它们学习，做一株顺从的植物。但我无法把私密与公共空间的区别弄清楚，大概最终也无法逃脱被警察抓住的命运，这让我郁郁寡欢。

我觉得我完全可以站起来，拎着沉甸甸的密码箱离开这里，微笑着走过草坪，走到草坪边的小路上，再走回来，放下密码箱，重新躺下。

我怎么知道我能回到什么地方？那些地方它们还是老样子吗？

"好啦，我们不要吵。"小伙子妥协。事情总是这样，但有时候也不一定。

"我才不想和你吵呢。我每天三点才睡，累得早饭都戒了，好容易轮上一天假。我就想好好待一待。"

"我也想。到这儿来。"

小伙儿拍自己的腿。姑娘快速放弃拘谨，挪过两寸宽的阳光，在他怀里躺下。他够出身子摆弄她的脚踝，好让她躺得更舒服一点，这个他做到了。在此之前她想摆出一个好看的姿势，但现在她比好看舒服多了。

他看她,居高临下,看上去显得有点困惑;因为她在他怀里,他要从上往下看,那个角度有点失真,他无法肯定她的哪一个部位最迷人。她把脸扭到一边,毫无必要地摆弄着再生布上乱糟糟的食物。害羞让人融化,根本用不上阳光帮忙。

爱情真是个不死的小东西,它总是让人无法长久地害怕它。

"你该看出来了,现在你口气完全变了,对我越来越不耐烦。"小伙子照顾好女友,开始翻账。

"又来了。上一次你已经说过了。"

"难道我说得不对?"小伙儿口气戒备,像闻到了黄鼠狼的味道,"最近又来新人了?还是那两个修脚的又给你传输了一些新的知识?四楼看鞋的也往楼上跑吧?难道你们从来没丢过鞋?"

"我真的不想我俩一见面就这样。"

"但是他们就可以。"

"你不要以为所有见到我的男人都会欺负我好不好?"

"但他们会憋着劲骚扰你。"

"你真无聊。"

"是,但你一次又一次让我感到耻辱,在这方面,我可以说高潮不断。"

"你愿意。"

"我能怎么样?你说,我能怎么样?"

好像云层突然有了重量,姑娘遭到袭击,被来自空中的那些东西压痛了,她试图跳起来。他用身子按住她,不让她动弹。她挣扎了一会儿,放弃了。阳光照在她垂落在脸颊边的发丝上,那里有一片嗔怪的阴影。

"好吧,你说,我们是好好坐着说话,还是立刻卷摊子,你回宝安,我回足疗城,你决定。"

"你想怎样就怎样。"

"我什么也不想。"

"如果你问我,你没觉得,这里太热了?台风快要来了,我们换个地方,去七天连锁。我就是这么计划的。"

"狗屎计划。"

"那好吧。"

有一阵,他俩没说话。她还在他怀里。阳光消失得很快,天气越来越闷热,躺在那里有些不舒服,就像有地热。但深圳没有地热,它根本不需要这个。如果愿意,它能把月亮蒸熟。

"有时候,我真想客人不那么急,我能和他们多待一会儿,任何客人,只要他喜欢,能和我多说会儿话。"她闷闷不乐地盯着他那双新鞋,她所在的那个位置离它们并不远。

他哼了一声,没有接她的话。他不那么笨,听出来她在挑衅。当然这也不能怪她。有时候你觉得一览无余的草地让人坦白，但有时候相反，它让人轻佻。

笔架山头的积雨云在快速变幻，云彩的阴影在树林间洒落下点点诡谲的光斑。光线在植物丛中东躲西藏。其实它用不着那样，人们并不知道它。你觉得你看到的是今天的光线，但它已经走了几百万光年的路了，早就老了，发霉了。我们这些地球的灰尘，全都他妈的中了魔咒，自以为了不起，那个固执的太阳才是王者归来呢。

他俩又开始说了。他想知道她公司里的事，那个剃金正恩式头的修脚师是不是又请她看公益电影了；那个离了婚的老家伙，武警部队退役保安，是不是还在关心她的成长；这两周她都做了什么，凌晨就寝前和谁在一起、干什么，还有他们打着哈欠一起去夜档上吃夜宵的时候……他们很快吵了起来。

"再说一遍，我不想和你说这种事了。"

"我知道什么让你中邪，你以为你在关内上班，那些阴险的营销员和色眯眯的小老板都盼着见你，你是你们那儿的头牌，你和他们就成了合适的一对，就能把自己弄成深户。其实你连过马路都害怕，看见一辆挂双牌照的车腿就软，这个他们没发现？"

"你胡说八道！你就会胡说！"

"你干吗激动？我希望你能好好看看自己现在的样

子，你看见我的时候，眼神都是涣散的，你把激情留给哪些王八蛋了？"

她小脸涨得通红，拍了拍她小得不能再小的短裤："屁激情！"

"你敢对那些人也说这种话？"

"岳小白，不许你这么说我！"

"杨桃，我说错了吗，你怎么不反驳，说你讨厌身边浑身浴盐臭的男人，说你不想让随便哪个客人带你去罗湖桥那边玩一次？愚蠢、害怕、涨薪，还有他妈的廉租房，以为天下女人都是他们的，一帮内地动物园逃出来的猩猩。老实说，如果你找我要一坨最新鲜的屎，我就把他们推荐给你。"

真是一个令人讨厌的小家伙。我确定自己不是姑娘的爹，不然我会去找一张热乎乎的鸡蛋饼，走过去，直接扣在他的鼻子上，封住他满嘴乱蹦的跳跳糖。

姑娘显然觉得受到了伤害，把头扭到一边，不理小伙儿。小伙儿试图把姑娘的脸扳过来，她就是不给他。他的手僵在那儿不动。你可以看出，他是一个笨拙的年轻人，但他很痛苦，这个你也可以看出来。

姑娘忽然抓住小伙儿的手，她把它抓住了，放在自己的肚子上。小伙儿像被抽了一耳光，往回抽手，但他的手紧紧粘在她露脐衫和短裤之间的那个地方，再也无法挪动。他身子僵硬，笑得像个傻瓜。

我背过脸,嗓子眼不舒服,哽咽了一下。好几瓣紫荆花瓣落到草地上,近在咫尺。

我向远处眺望,能看见深南大道那个方向,灰色的巨大楼群正在飞速变幻姿势,我猜它们很快就会变成一阵猛烈的好雨,被飓风卷上天空。

他们终于换了个话题。这回是她问他的事,他的拉长有没有因为他的坏脾气不让他加班,那个干不下去准备返程的老乡是不是又喝醉了,他去社区医院检查过胃痛的原因没有。有一阵,他们谈到了一个叫大王村的地方,一条名字奇怪的河流,一种酸得倒牙但又让人忍不住往嘴里填的野草,一个要强的寡妇和一只叫哆来咪的总也长不大的狗。

多美好啊,我眯缝着眼睛,让自己陷入半睡眠状态,困难地去搜索勉强保留住的那一部分儿时记忆。

瞒过总是冲我大喊大叫的妈妈,把一只鞋盒偷偷塞进床底,那里面有十几条贪得无厌不停进食的蚕。为了不穿打补丁的裤子坐在同桌的女同学身旁,我发誓要给自己弄一件完整的衣裳,为此我爬上从未到达过高度的树冠,从上面摔下来,并且折断了趾骨,可是,那些肥硕的蚕还没来得及变成蛹就被老鼠吃掉了。

现在人们早就忘了蚕,只记得丝绸这种东西了。

有时候我真的喜欢台风,那些不按规矩来的家伙,能把一切都颠覆掉,当它到来的时候,你的眼前稀里哗啦。有些东西，它们存在的时间太长了，已经腐烂了，变质了，但它们就是待在那儿不动弹。其实它们可以变成腐质泥土，或者煤，或者石油，这些都是好东西。人们怎么说？能量。

但他们又吵起来了，这次非常厉害。

"你知道他们怎么干？我他妈的比你晓得一百倍！有人说深圳一年断十万条胳膊，有人说五万，它们当中没有老家伙的，有的还没来得及抱过姑娘呢！"

我扭头看。姑娘已经不在小伙儿怀里了，瞪大眼睛，撑着一只胳膊坐在小伙儿对面，看上去不是她自己从他身上起来的，是他推开的。她朝他们面前的那张堆满零食的再生纸布看了一眼，好像它是一件可以随时展开的体贴的隐身衣，能够遮掩住她的倦怠和恐惧。

"岳小白，你今天怎么啦？你究竟想怎么样？"

"我不想怎么样，我就想痛痛快快搞一场，不然我大老远来关内干什么？"

她吃惊地看他，眼睛瞪得只剩下眼睛，像是崩溃掉了。有谁吃得住这个？

"你不会告诉我你不明白吧？我就是这么想的，但我不想和某个发廊里的洗发妹搞，虽然我也想过，你没见过她们有多风骚，多会体贴人，要是能像弟兄们那样抓住她们的小乳房来上一次，天塌不下来。但你比谁都知道我做不到，因为我只想搞一个女人，我想每天晚上回到一个叫作家的地方,也许它是租来的,也许它屁都不是,只有一个让我给她做饭洗衣裳跪在她脚下为她揉搓僵硬手腕的女人。现在你明白了?"

我抹了一把黏糊糊的脸。我确定台风已经来了,也许它停在关外,在等着什么。

我呢?我想停下逃亡,在暖洋洋的午后坐在潮汕粥店靠窗的地方,除了端着一盘自酿豆腐和一小碟客家咸菜送来的胖乎乎的服务生,再没有人打扰。等我安安静静喝完一整罐洒了香菜末的鳝鱼粥,付过账单,仔细收好找回的零头,回到住处,关上门,拿一本新上市的《优悦》杂志,有尊严地端坐在马桶上读上一小段,冲个凉,只穿一条宽大的短裤躺在松软干燥的床上。

"我们能不能不说这个,说点别的?"

"你想听什么?那我就给你说刘转运。"

"岳小白,你想干什么?"

"他站在那儿看我,眼神里满是困惑,好像想问我什么事,但一时没想起来。他妈的,他的半截胳膊掉在地上……"

"呀!"

"他站在那儿继续想,他还在想,就像掉在地上的那玩意儿不是他的,它和他无关,但另半截胳膊就在他身上,他把它血糊糊地托在手上……"

"岳小白,停下来!"

"我不知道一个人怎么会有那么多的血,血就像冲凉水一样哗哗地往下淌,然后他一屁股坐到地上去……"

"求你,别说了!"

"我丢下模具朝他冲过去。我被地上那只脏兮兮的胳膊吓坏了,不敢去捡起来。你知道它像什么?一个在塑形环节出了差错的玩具。你要知道,他拿那条胳膊揍过我,揍得非常疼,那是一条上等胳膊!"

姑娘哭了,但小伙儿在笑,黑着的脸痉挛成一只被踩烂的西红柿,那张脸是那么的年轻,却绝望到已经结束了。我想要去触碰那张脸,但我没有。

"我还忘了说,他没有倒下的时候,站在那儿尿了一裤子,到医院以后才发现。是我给他洗的裤子。我一直在想,我他妈的在想,一个人,怎么才能够做到同时成为两部分?"

我在想,那个携带了巨大能量,以及几十亿吨雨水的家伙,它什么时候到来。在它到来之前,蜘蛛人应该从高空中尽快下到地面,年轻的妈妈应该带着孩子远远离开色彩斑斓的广告牌,要是姑娘受到游艇俱乐部的邀请,下次吧。还有,人们应该停止一切集会活动,尽快回到家中,把门关好,为了安全,最好在门后顶上点什么东西,关掉总闸,然后点上一支蜡烛,坐下来祈祷。

只是,我不知道如果是一个人,应该怎么办,是不是也要离开包括草坪在内的一切户外?两个人呢,坐在台风将至的一千棵不甘的青草之上,他们算不算集会?

但那有什么用?台风一旦到来,一切都不一样了,天空成了舞台,到处飞舞着钢管、城市雕塑、塔吊、半座别墅、一整列火车和一条努力瞪大眼睛的梭子鱼;而且,任何一粒平时温和可亲的碎石子,都能成为一粒噩梦般的子弹,随时等待着你。

一群鸟儿从我们头顶飞过,它们在朝与安全相反的方向飞,朝关外台风涌来的方向飞。

它们怎么祈祷?

2012年6月3日

于深圳彩云路

要橘子还是梅林

我要讲的故事很简单。

我的生活出了问题。不是一个，很多。我快支撑不住了，眼见着要垮掉，不知道该怎么办。房东好几次用诡异的目光看我，仿佛我是一个正在快速变异的基因。我和房东大吵了一架，从上步路搬到了梅林。我早就想搬到梅林了，我觉得那是个好地方，山水夹峙，进出不便，适合失败者居住。你想想，这座城市的流浪猫狗基本躲藏在什么地方，就明白我说的道理了。

刚搬到梅林那几天，我患上了严重的神经衰弱，夜里睡不着，连续好几天没去单位上班。人力资源部一个家伙给我打电话，让我看看《劳动合同法》的有关条文。我确信，如果电话线足够宽，那个热衷于搞人事脱氧核苷酸排序的家伙会携带一把菜刀气呼呼爬过来砍死我。

我是药监局的一名雇员。不是公务员，是雇员，两者不一样。我的工作是接受网络售假投诉，那种在网络上销售止咳水、曲马多片、抗癌药、左旋肉碱胶囊、肉毒素、氯胺酮快速检测剂、假冒伟哥和雅思兰黛的受骗案。我不知道你见过我们局的LOGO没有，它由两颗心脏组成，代表我们关爱民生，与消费者心连心。每次看到它，我都会把眼睛闭上。你要知道，那是两颗残缺不全的蓝色心脏。我当然不能把我的糟糕状况强加给破碎的心脏，但我的失眠症明显加重了，两点到凌晨四五点那段时间，我会非常兴奋，老有一种冲动，想学着某种动物的样子引颈长啸。我知道这样做不好，可就是忍不住。

三天前的那个晚上，我的烟抽光了，那个时候不到三点，肯定熬不到天亮。我在黑暗中坐了一会儿，穿上外套，出门去街上，看看能不能找到一家24小时便利店，以便买两盒烟熬过这一夜。

子夜刚过，环卫局的人还没有上路，偶尔有一两个路人匆匆出现在街头，从诡秘的林荫道上走过；在白天的芸芸众生之中，他们的脸是一张模糊的家谱，成为区别他人的唯一信息，到了夜晚却像火棘鳅的脸一样模糊不清。我不知道你是不是见过火棘鳅，那真是一些让人心疼的小家伙。

街上的商店早已经关门，奇怪的是，白天满街都是的24小时便利店突然间全都失踪了，一家也看不见。在梅中路口的一个烧烤摊上，几个务工少年饥渴的青春派对刚刚结束，他们在为下一步去什么地方继续消费剩余的热情争吵不休。我问摊主有没有香烟卖，得到的答复是我应该试试烤肉串，这玩意儿含有高致癌物，效果比香烟厉害。摊主是个二十岁不到的小年轻，他把自己打扮成帅气的维吾尔族青年。他看我没有对他脏兮兮的肉串感兴趣的意思，用油腻的炭灰埋住暗红的炭脚，就着夜风嘴对瓶口吹一瓶啤酒。我咽了一口唾沫，转头走开，心里默默计算他喝掉了多少瓶自己的啤酒，再把它们尿到不远处的梅林二小门前的三角梅丛中了。

我沿着梅林路往前走，天开始下起小雨。我想象在某个路口，一头迷路的海豚此刻正在寻找同伴，它婴儿般啼哭着，满城的火焰木和凤凰木突然之间全都绽开了。

我一直走到梅华路。我的头发上全是不愿坠落的小雨点。我看见了一家小店，脸儿不大，宽不过五尺，门上贴着"烟酒供应"的广告。小店已经打烊了，生硬的卷帘门没拉严，门下透出一扇灯光，光线躲避着欢快的细雨，糖稀似的流进黑暗。似乎能听见小店的主人没睡，在屋里走动。我抱着一线希望，过去敲了敲门。

有一会儿工夫，店里的脚步声消失掉，十分安静，然后卷帘门拉上去三尺，一张脸的剪影投射在光线的扇面上，能感觉到有人在那里往外看。我耐着性子站在细雨中，默默数到十二，脸的主人钻出卷帘门。是个男性年轻人，二十五六岁年纪，手里提着一把二尺来长的剃骨刀，他皮肤黝黑，身形消瘦结实，目光犀利，让人不免想到站在坍塌的山崖断石上的羚羊，冷冷地看山脚下路过的雪狼，朔风飕飕，羚毛披拂。但我真没有那么厉害。我是一个什么本事也没有的人，不具备雪狼的品质。再说，关内的警察素质很高，一般情况下，他们不用麻烦公民自己佩带冷兵器。

我表示打扰了，这么晚来敲门，告诉"羚羊"我想买两盒烟，什么牌子的都行，只要是那种能戕害肺部的东西，就算大麻也可以。

看上去，"羚羊"一点也不喜欢我的幽默，也没有打算让我进去的意思。他用目光示意我站在雨中别动，躬下身子钻回店里，过了一会儿再钻出来，将两盒"好日子"软包珍品塞进我手里。

"拿上，快走吧。"他说。

"多少钱？"我问，一边从兜里掏出钱夹子。

有一刹那，"羚羊"好像有些困惑。如果我没有判断错，他有些窘迫地咧了一下嘴角。"30。给25也行。"他说。

我笑了。两盒烟，足够我坚持到天亮，但我不是因为这个笑，我没想到子夜过后香烟会打折，"好日子"会便宜好几块。我在考虑，要不要请他麻烦一趟，钻回卷帘门后放下手中的剔骨刀，顺便再给我取两条烟，这样我手中的两盒就相当于白饶下了。

"怎么还不走？"他有些不耐烦，"一会儿洒水车就过来了。"

"你差点儿没收我的钱。"我说，"我打算多买点儿。"而且，市民中心广场上总会有几个流浪汉在悠闲自在地散步，这是我喜欢这座城市的唯一原因。"有雨就够了，用不着洒水车。我是说，要是喝过啤酒，我也能成为洒水车。"

有一阵他没有说话,重心换到一只脚上。他在黑暗中琢磨我,犀利的目光显得细长,如果不是不屑,那一定是嘲笑;因为手中提着长长的剁骨刀,他站着的那个姿势显得非常怪异。我突然想起,我曾经有过一个教钢管舞的女朋友,她唯一的兴趣就是把身体像牵牛花似的缠绕在她能找到的任何直立的物体上。有一次,我和她在购物广场的满记甜品店吃鲜芋仙,她一边抱怨天气太热,一边像丛林蚺似的把自己盘上遮阳伞细细的铁杆子。她皮肤光洁,天堂发亮,也许因为这个,送甜品过来的服务生吓了一跳。

"羚羊"从裤兜里掏出手机看了看。不是看打进来的电话,是看时间。

"你自己进来看吧,要多少都行。你带足钱了吗?"他说。

我跟着他猫腰钻进卷帘门。屋里亮着灯,两面墙摆放着货架,也许因为打烊盘点的原因,屋里显得杂乱无章。我一眼就看见了放香烟的货架,那里什么牌子的香烟都有,还有各种食品。我知道那些东西。我的意思是,我们药监局不光管药品、医疗器械和化妆品,还管保健食品,我是这方面的专家。我是说,不管是动物内脏还是花粉,它们全都来自内地,被集装箱运抵西站或者福永货柜码头。就好像这座城市里的人,他们大都不出生在这里,为了几个类型大体相似的目的,被火车和汽车运抵这里,再消失在城市的各个角落,被城市快速消费掉。

"羚羊"在我身后把卷帘门落回到原来的位置,只留下一道巴掌宽的缝。夜雨潮湿的气味小了,他从我身边过去,在柜台上放下剁骨刀,从柜台边走开,从墙角拎过一只巨大的货运包。我看了一眼,包里已经装了不少东西。他把货运包拎到我身边,取下货架上的香烟往包里装。

"赶紧,挑完我锁门了。"他对我下命令。

"烟还得往家里背呀?"我问,一边琢磨是拿"好日子"还是"五叶神",后者要便宜近一半,我钱夹里大约有五百来块,我想最好能多带走几条,这需要和他谈谈价。我希望他别急着把香烟全收掉。

"关你什么事?"他有些不高兴,"不爱卖了,给分销商退回去,我去跳京基100,不行?"

他口气很逗,但人长得的确有型,淡蓝色过膝短裤,清爽自然,搭配黑色夹克衫和运动鞋,不错的户外运动装束,看不出像是要趁夜去闯京基100保安线,再从城市的制高点飞身而下的样子。

"没这个必要。"我说,把一条"五叶神"拿在手里,又换了一条"好日子",琢磨着怎么跟他开口。"有人威胁要杀我。是我的一个朋友。我喝多了,说他坏话。你知道这种情况,我们总在说别人的坏话。当然,他只是威胁我,并不见得真会把我杀掉。可我不能保证我会不会再次喝醉,在不省人事的时候杀掉他。"

他停下来,抬头看我。灯光在他眉骨下方投下两片阴影。那一刻我俩都没有说话。我俩站在那儿,听屋外小雨声淅沥。我突然不想和他谈价了,我想和他谈心。我拿一张很可能中奖的奖券打赌,我当时就是那么想的。

我告诉他,我一直在犹豫该不该把工作辞掉,我厌烦了自己的工作,我总觉得网络里藏匿着数以万计的蠕虫,它们不断地从电脑中爬出来,钻进我的脑子,趁着黑夜吞噬我的脑干。我告诉他,也许我该去大鹏半岛种种木瓜、养养蚝,休息个一年半载,然后再去找一份新的工作。我告诉他,我的女朋友离开了我,是第几个我忘记了,反正她和之前的那些都离开了,一个也没留下,不知去了什么地方。我告诉他,医生对我的身体情况很不满意,威胁说我要再不停止进食就会患上糖尿病。我告诉他,刚开年不久我已经因为闯黄灯之类的问题扣掉了八分,就是说,我手里只有四分了,还得熬过十个月,这根本做不到。我从自己谈到这座城市,我和他谈刚刚结束的"两会",谈到政府工作报告里的一些内容,保障性住房的供应和三甲医院的增加,十万就业岗位的投放和污水处理管网的升级。我谈兴大发,喋喋不休。我觉得这一夜真是够漫长的,我的一生真是够漫长的。

"你要橘子还是梅林?"他打断我的话,问道。他说话的声音在夜里像警惕的蝙蝠,发出一种肉翼扑动时懒散的回音,很难听出是哪个地方的口音。

"什么?"我被他问住了。我没想过这个问题。我不知道这算不算一个问题。

"你有自己的观点,虽然它们很愚蠢,但确实是观点。可你想怎么样?人活着就为这个。"他说,"你不能对生活抱怨,尤其不能对城市抱怨,那一点用处也没有。"他的意思我听明白了,他是在批评我。

"我要怎么做才有用处?"我对这个话题感兴趣。我够出上半截身子,虚情假意地问他。

"不必装成你在尊敬我,但你大可不必这么想,以为自己是生活的弱者。"他很肯定地说,一边把两条香烟塞进货运包,"这个世界没有强者,如果你不告诉自己你有足够的生活信心和勇气的话。"

虽然子夜已经过去了一阵子,但我能肯定,当时我的眼睛亮了一下。我面前的这个烟酒店小老板,或者食杂店小老板,或者别的什么,他是一个非同寻常的角色。他是某方面的专家。他蹙着眉,一只手揣在淡蓝色七分裤的裤兜里,审视世界似的站在那里,他那个样子就像一辈子都在等待,准备对人讲一些微言大义,而且始终保持着严肃的口吻,好像他是孔夫子。

"你来深圳多久了?"他问我,但他并不打算向我要答案,立刻就回答了自己的问题。

他告诉我,这座城市里生活着非常多这样的人,他们在上个世纪八十年代是电影明星,或者五十岁上下的人都熟悉的奥运会冠军,或者写过一部卖出了一百万册畅销书的作家,如今他们默默无闻地在这座城市里生活,为缩水的年终分红或入不敷出的养老金忧心忡忡,在臭气冲天的鱼虾市场里用改良版白话和小贩争吵,为的是能从秤盘里多挤一条两寸长已经发臭的杂鱼。

"但你不得不承认,"他说,"很多在别的城市消失掉的人,一些生活的失败者,他们不断出现在这座城市,扬眉吐气,成为新生活的主人。"

"你是想告诉我,这座城市有一种了不起的功能,还是后来居上的那些人,他们像蠕虫,会自我消化失败?"我的口气中有一种奚落。

"你说得对,城市的确有一种强大的功能。"他一点也不在乎我的不礼貌,口气肯定地说,"它被建立起来,建成一座庞大的机器,它需要大量的原材料,就是人。城市吞噬掉成千上万的人,吸取他们的青春活力、智慧才华、贪婪欲望、一个个梦想,这是了不起的营养,城市就是这么长大的。"他向我解释他对城市的看法,因为这个,他不能无动于衷地站在那儿。他把手从淡蓝色七分裤的裤兜里拿出来,在灯光下比画着,他的黑色夹克像蝙蝠侠的两翼,在他脚边投下两片阴影,"这座城市没有历史,现在活着的人,他们就是历史。就是说,你也是历史,当然,只是其中很小的一部分,但这已经足够了。你明白我的意思吗?你不是别人,你是你自己的祖先。"

他笑了起来,露出两排雪白的牙齿。这是他第一次笑。在此之前,他把我当成一个不速之客,甚至当成一个不怀好意的贼,手握剔骨刀在细雨中紧张地审视我。现在他放心了,知道我不过是一个找不到生活目标的瘾君子。我承认我的确是这样的人。我还承认,虽说他的话有点故弄玄虚,但他说得有道理。我一直没有弄明白城市究竟有什么好处,现在我知道城市是有道理的了。我把这个想法告诉了他。

"人类建造那么多的城市实在是愚蠢,它唯一的好处就是找一个够大的地方囚禁自己,让男人和女人患上抑郁症和绝孕症。"

"但这比依靠香烟囚禁自己和杀死精子要好得多。"他立刻纠正我的看法。在原则性问题上,他是一个坚定的家伙。

我被他提醒了,撕开一盒香烟——我刚买的两盒当中的一盒,我自己的——恭敬地让给他一支。他挥了挥手,表示他不吸烟,这让我有点惭愧。他有一整店的香烟，富裕得像国王似的，却清白自守，恶习不染，我每个月除了吃喝房租所剩几无，却像一只长着贪吃大嘴的猪仔鱼，夜里到处寻找香烟。人和人真没法比。

"喝酒吗？"他问我。

"有时候。"我说，"我是说，大多时候都喝。"我在想要不要给他解释长着多肉厚唇的猪仔鱼的事情。我后来决定还是不解释。倒不是因为猪仔鱼进食海量，问题是，这家伙繁殖能力特别强，一次能产下三千来尾生机勃勃的小猪仔鱼。对这个世界，一次操出三千来个瘾君子不是什么好事。

我点燃一支香烟，狠狠吸了一口。他去货柜后面取来两瓶"金威"牌啤酒，驱动目光到处看，没有找到开瓶器。他真逗。我觉得他太逗。我没告诉他这个。他取过剁骨刀，瓶盖压在刀背牙上，一拍一个，起开两瓶啤酒，递给我一瓶。我口渴极了，顾不上讲究，就像那头在外面黑暗中某个路口寻找同伴的海豚，贪婪地一气灌下半瓶。他显得很斯文，用纸巾仔细揩净瓶嘴，去柜台边靠着，一口一口地呷，但酒下的速度也不慢。

"你是哪儿人？"我打了个酒嗝问他，"你的话，你这个原材料来自哪儿？"

"问题不在这儿，"他说，去货架上拿来两包下酒的零食丢给我，是一包五香味的卤汁牦牛肉和一包"黄飞红"牌麻辣花生，"这座城市和别的城市不同，它的官方用语是普通话,但在更多地方,你会遇到一些原来属于同一个地方的人,他们说一些你听不懂的方言,这什么也不能证明。"

他是对的。我给他举例,我有个同事,是个小姑娘。人不小了,因为恨嫁仍然单身,所以只能算小姑娘。她有一口著名的龅牙,但她是双语示范城市的践行者,不但能说响亮的黔东南方言、带乡音的英语,同时还在努力地学习带乡音的日语。我还有一个同事更牛,他是湖北黄冈人,除了黄冈话和英语,他还能说白话和潮汕方言。他的模仿能力极强,如果蒙上眼睛,你甚至会把他当成铁岭的赵本山和湘潭的毛泽东。

他听我说那些事,有时候会插上一两句,主要是指正我对某些常识问题的错误说法,或者反对我的某个观点。我俩站在那儿,很快喝光了那瓶啤酒。他去货柜后面取来两瓶新的,用剔骨刀脊起开,递给我一瓶。他太客气了,但我不会白喝他的。我已经决定了,走的时候不管能带走多少香烟,一定留下啤酒钱,告诉他,我请他喝。我俩还能把全世界的啤酒都喝光了不成?

"坐吧,站着累。"他冲我指了指一只带靠背的塑料椅,他自己不坐,靠在柜台边,剔骨刀小心地移到一旁,不让它掉到脚背上。

我们接着刚才的话继续聊。我不记得我们都说了一些什么。我们总是在一些地方——我指的是大多数时候——无法契合对方,就像一本书相隔几页的两个不连贯的情节。有时候,我觉得我最好立刻掏出钱夹,数数还有多少钱,把它们换成香烟立刻走人。有时候我又想,也许我们隔得再远一些相反会更好,他是这本书的开头,我是结尾,我们往中间翻页,这样我们就能完整地讲完一个故事了。

有一阵子,他停下来,竖耳静听。街上传来无数细雨扑向树叶和路面的声音,还有一个醉汉或者疯子中气十足抑扬顿挫的朗诵声:

"风雨依山急,云泉入郭微。无同昔年别,别后寄书稀。"

醉汉或疯子由近及远,消失在出产古荔枝的梅林某处。也许他走的正是"一骑红尘妃子笑,无人知是荔枝来"那条路。

"你太年轻,不知道世事艰难。"我灌了一气啤酒。老金威像掺杂了些许金属液体,口感有点儿沉,在通过嗓子眼儿的时候下坠得非常快。但总比没有啤酒喝好。

"你猜我多大。"他斜着眼看我。

"二十来岁。二十六吧。"

"准确。我看起来就像二十六,但十年前我就这样了,十年后我还会这样,天知道什么把我定格在这个年龄上了。"他发了一会儿愣,但不是在犹豫什么,而是想到了什么。

"有什么用，"我告诉他，我在他这个年龄的时候会怎么想。那是二十年前的事情了。"有时候你会觉得一天的时间非常难熬，但二十年却很好过，一瓶啤酒就过去了。"我说，"人什么也不是，就跟生活在水里的蜉蝣似的。你知道蜉蝣吗？"

"你错了。"他把空酒瓶小心地放下，看了一会儿它，那一刻他的眼神非常温柔，就像一只身体轻巧的蓬尾婴猴看着面前舞蹈的昆虫，目光中充满深切的悲悯。我则像一只缓慢而习惯于夜行的懒猴，遗憾地对着灯光举起空了的酒瓶。我希望他能再给我俩来上一打。他像是有通感，果然离开了，一会儿回来，把酒瓶递到我手中。他真是个善解人意的哥们儿！

"生活在水中的不是蜉蝣，是蜉蝣的幼虫，你也可以管它叫蜉蝣的前生。"他挥手赶开飘向他的香烟，"古人说朝生暮死，这个朝生暮死的小家伙才是蜉蝣。《诗经·曹风》中说，'蜉蝣之羽，衣裳楚楚……蜉蝣之翼，采采衣服……'是说初夏的傍晚，蜉蝣拖着婉约的长翼成群结队地飞向落日，它们在夕阳下金黄色一片，美丽极了。"

"你学什么的？"我有点吃惊地看他，"你不会告诉我，你是古典文学硕士，替家人看店吧？"

"老实说，干这一行之前，我的确是个用功的年轻人。"他笑了起来，把啤酒瓶放在柜台上，安静地看瓶底跃起的气泡,"我学的是工科,知道吗,我学的就是那个。这和我们说的无关。我们还是说蜉蝣。"

他继续说蜉蝣,那种卵生寅死的生命,它们活在自主状态中的时间只有几个小时,短到不可思议,这其中还要经历蜕变。他让我想想那种情况,生命只有几个小时,那几个小时的时间里,蜉蝣们拼命地蜕变,不是一次,是两次。它们从薄如轻纱的蜕壳里挣脱出来,再挣脱一次,在阳光下快速晒干翅膀和尾翼,从草尖跳向空中,学会飞行,这样它们才能寻找到配偶,与配偶交尾。等产下卵后,它们的生命就走到了尽头,成片跌落回大地,落在它们刚刚离开的蜕壳旁。

"真没意思。"我有点气愤,不光为蜉蝣,也为人,但又不知道气愤什么。我是说像我一样的人。

"蜉蝣没那么简单,你应该看看它们的轮回。"他告诉我,蜉蝣把它们的卵产在池塘和湖畔的水里,幼虫在水中孵化,成活后在水中生活——我发誓,他的确是那么说的——两三年。这些幼虫在水中度过漫长的成长期,两三年之后幼虫才能成熟,爬到水边的草丛中,蜕去外壳,这才是真正的蜉蝣。

"你的意思,我们和蜉蝣一样,大多数时候不是我们,而是我们的幼虫,我们活着其实不是活着,而是隐姓埋名地泡在臭水沟里煎熬和腐烂,别人根本不知道我们的存在!"我实在不能接受他说的这种处境,气愤地把啤酒喝得咕咚咕咚响。

"这个问题太复杂,只有爱因斯坦才知道。说个简单的吧。"他抬起脚,从鞋帮上仔细揭掉一小块零食商标,贴到柜台上。你能看出他是一个细心而安静的人。

接下来,他告诉我一件简单的事情。他喜欢去香港亚洲国际博览馆看演出,只要有演出他都会设法去看,这对他来说是一件犯难的爱好,因为钱的问题。如果坐跨境巴士或者香港地铁,票价很贵,需要180到200块人民币,差不多占去了演出票价的三分之一。"我为自己找到了一种省钱的办法。"他说。他把那个办法告诉了我。从福田口岸过关,不上楼,沿左侧过境旅客通道下到地面,乘坐B1路巴士到东头村下车,过天桥后往回走400米左右,过马路,找到东头村车站,换乘E34路机场大巴,到终点站机场,再转乘机场快线列车,一站地就到了亚洲国际博览馆。

"全程75分钟左右,总票价28块4毛,相当划算。"他很精确地说两组数字。

"你在鼓励我,兄弟。"我喷着酒气冲他傻傻地乐。

"你可以那么想。"他说,"你还可以试试另一种办法,清算自己的一生。"

我吓了一跳,下意识地朝柜台上那把泛着幽暗光斑的剁骨刀看了一眼,捏紧手中的啤酒瓶。

"不是让你真死,是一种假定。"他不动声色地说,

"比如，现在你要死了，在你死之前，你用两个小时或者更多的一些时间来总结一下自己，你会怎么样？"

"我会怎么样？"

"你会发现，最后悔的不是你在这一生中做错了一些什么，而是很多事情本来可以做，可你没有做。还有，你在做好事的时候，通常没有人注意，但你在以为别人不注意的时候做了一些坏事，每一次都被人发现了。"

"太他妈的对了！"我由衷地说，佩服地向他举起手中的酒瓶。

这期间我们又喝掉了两瓶。我有一种说不出的感慨，我觉得今天晚上过得真不错，是个值得一提的夜晚。我觉得人生真是奇怪，我年轻的时候为自己设立了一个又一个目标，总是害怕没有时间走近那些目标，于是拼命地往前跑，忘了路上其实遇见过不少比目标好得多的东西，可等我找到那些目标后，常常发现那些目标不是我需要的，我真正需要的东西在路上，在过来的中途，我错过了它们，但已经回不去了。我他妈其实已经错过了自己的一生。

我对这样的结果说不出的凄凉。我对尊敬的"羚羊"再次举起空了的酒瓶子。这一次他没从我面前离开，也没动剔骨刀。

"现在你明白了，别小看蜉蝣，它们一直在耐心地为生命中最后那个短暂的华彩一现而努力生活，它们非常了不起。"他庄严地说，"我觉得我就是它们。"见我用不明白的眼神看他，他笑了一下，眉骨下的两片阴影加深了，"我是说，我从没觉得我只能活一次。这一生我能活很多次，差不多两万来次吧。只不过，每活一次的时间没有那么长，只有一天。这样，如果某一天我没有活好，活得很糟糕，第二天我就会努力地活，让自己活得开心精彩。我会在阳光下飞起来，展开金黄色的翅膀。我才不担心我蜕掉的那些残壳呢。"

我突然觉得有些感动。我彻夜难眠，像只不要脸的黑猩猩似的从动物园笼子里逃出来，在夜里到处寻找香烟来戕害自己。我在黑暗中遇到了他，我们就像两条在大海中盲目游弋的鳎鱼，在海底岩石裂缝的隐蔽处相遇，用触须相互试探，彼此吐着泡泡交谈。现在我知道了一个道理，是关于蜉蝣的，也是关于我的。没有哪件事比活着需要更多的专注、野心和耐性，我指的是这个。

他掏出手机看了看时间。"好了，我还有别的事。"他说。

我明白。我们都是蜉蝣，天快亮了，新的一生开始了，我们应该努力地长出彩色之翼。我离开那里，没有使用钱夹。我带走了两盒香烟，至于别的，我用不着那么急。我能一天又一天地活很多次，我知道我要橘子还是梅林。我能确信，离开那个小店的时候，我肯定改变了，不再是原来的我了。

离开小店的时候雨已经停了，路边的大叶榕和木棉树的树叶上覆盖着亮晶晶的雨珠儿。我可以负责任地告诉你，如果把它们全部收集起来，它们能够形成一座新的海洋。我就是在那个时候无意间看到，就在离小店不远的地方，在马路对面，一家24小时便利店亮着灯。

两天后的晚上，准确的时间是两天后的下午6点40分，我处理完一天的工作，把当天的网络投诉归档打包，发往各科室。我往残茶中加了最后一次开水，舒服地伸了个懒腰，拿过当天的报纸。我在报纸的社会新闻栏上读到一条消息，梅华路一家烟酒店两天前的那个夜晚被窃，店里丢失了大量财物，警方没有找到入室作案者。记者特别写到，作案者非常从容，他（她、他们、她们）不但窃走了店里所有的香烟，还喝掉了八瓶啤酒。

我把那条新闻看了两遍。我没有记住那家小店的名字，不过，没人能够说清，那天晚上会有多少人不请自到，光顾过梅华路的某家烟酒店，并且喝掉了店里的八瓶啤酒。我放下报纸，点燃最后一支香烟，慢腾腾把它抽完，把打火机和烟缸装进垃圾袋，提下楼，丢进垃圾筒里，然后去了马路对面的街心公园。我坐在暮色渐浓的花坛中，回忆起两天前的那个夜晚发生的事情。我眼前浮现出"羚羊"的模样,他二十六岁,皮肤黝黑,身形消瘦结实,手里提着一把二尺来长的剁骨刀,朔风飕飕,羚毛披拂。

我不愿意这么想。我不愿把他看成贼。

再说,我怎么知道,我在上面讲的这个故事,它真的发生过。我说过,这是一个简单的故事,说不定它根本就不是故事,而是我胡乱想出来的。

2013年1月18日

于深圳梅林数叶轩

我们叫作家乡
的　　　地　　　方

黄昏的时候，我搭乘一辆顺风车从福永去南澳。姆妈跟着我。她一路上都没有和我说话，要么打盹，要么看着窗外的景色发呆。我们在路上遇到一辆抛锚的"滇B"、三个出了点麻烦的年轻穿越族、两对在海岸上拍婚纱照的新人和一大群在夕照中返回东部山区森林的白头翁。说实话，我希望能叫出他们和它们的名字，这样也许我们能够说说话，在漫长的路上大家都会好过一点。我们还遇到一场来去无踪的阵雨，这在岭南的夏季是常有的事，但这些都没什么。

车在山海相连的东部群山中穿行，这里气流乱涌，常常有诡异的风从森林中蹿出，聒噪地破窗而过，风中能闻到灵猫、鸢、赤腹鹰、褐翅鸦鹃、穿山甲和蟒蛇的气味，让人觉得指环王时代又回来了。据说东部大山里有野牛和野猪出没，我猜大多数深圳居民和我一样，并不认识它们。在市区里待惯了，有点像刑期过长的犯人，人们习惯了城市牢狱有保障的生活，出城跟出狱似的，免不了有些紧张，如果和野牛野猪遭遇上，需要翻译才能沟通。

夜里两点钟，我离开湿漉漉的大鹏所城，去了哥哥所在的夜总会。这个时候大部分游客都回市里去了，或者没回，在附近的客栈安顿下来，哥哥有机会出来见我。之前我在古城里毫无目的地逛了两小时，在"将军第"对街的小摊上吃了三只茶叶蛋，啃了两只加了玉米香精的煮玉米棒，坐在城门楼垛子下刷了两小时微博，又打了两小时盹。这期间我和姆妈没有说话。她也没和我说。有时候她走到我身边来，好像想要说点什么，但到底没说，站一会儿又走开了。更多的时候，她在什么地方无声无息地走动着，或者走进某栋老宅子里，在那里消失掉。我知道她会那样。她不会和任何人说话。但我不会勉强她。

哥哥手里握着一支金属材料拐杖从猩红的夜总会大门里一瘸一拐出来，就像一块被巨大的患了水肿的肺咳出来的异物，有些伤感，有些不耐烦。他是个瘸子，有那么一点，不太严重，喜欢随身带一支金属手杖，但并不怎么使用。我站在街对面的山墙下看他。他其实并不老，才三十出头，至少不应该像看上去那么老。好在我能认出他。我们有好几年没有见过面了，九年吧。我不知道他喜欢什么样的见面。我是说，虽然我俩同在深圳，我在福永，他在南澳，相隔不过几十公里，可是九年了，我们从来没在这座城市里见过面，一次也没有。我是说，自打离开老家以后，我俩就再没有见过面——他根本不愿意在任何地方以任何方式见到我，我也一样，我认为我们只不过是兄弟，各活各的，谁也不欠谁，见不见的没什么。但这一次我俩必须见，而且需要好好谈一谈。我们不能在夜总会里见，他只是夜总会保安队的小头目，夜总会不是他的，就跟伶仃岛不是他的一样,要是我请他在夜总会里洗个澡或者干点别的什么,他会认为我在污蔑他,说不定会杀了我。

"我们吃点什么吧。"等哥哥走近,我开口对他说。

我的意思是,我们可以把一些不必要的程序省下,他不用把我带到他家里去,让我认识他的家人,或者别的什么人,我们可以随便去某个地方坐一坐,假装消夜什么的,在那里把该谈的事情谈了。在路上我就决定了,我不会花他一分钱,不管吃什么,账单都由我支付。

听了我的话,哥哥看我一眼,扭头就走。在那之前他没有正经看过我,对此我什么也没说,跟上了他。

我们去的地方不是正规夜市,是海边的一个鱼鲜码头。码头上空荡荡的,码头的入口处停放着两辆贩鱼鲜的小型货车,夜晚的海风带来一阵阵沉闷的海腥味,四个男人坐在海堤上,借助码头上昏暗的灯光甩扑克。码头靠着出口,一溜摆着几个卖海味的烧烤摊档,节能灯吊在锅灶上,锅灶前油烟蒸腾,影影绰绰。离着码头不远是一条曲里拐弯的巷子,巷子口有两家门脸不大的私家旅社、一间乱哄哄的发廊、一间卖成人用品的小店和一个形迹可疑的卖水果的小摊,没有什么像样的人来往。

哥哥在一张油腻腻的低矮小桌前坐下,有点不耐烦地大声召唤摊档主。脑门发亮的中年摊主过来,看上去有点紧张。在此之前他不那样,和两个熟悉的食客笑骂着。姆妈没有跟上我们。我猜她不想参加我俩的谈话。她不会感到饿。她只想知道我和哥哥谈得怎么样,这样就足够了。

我问哥哥想吃什么,或者喝点什么。哥哥骂骂咧咧——不是骂我,我刚到,还不至于——是骂顺着节能灯纷纷往下掉的木蠹蛾。摊主拘谨地站在哥哥面前,用力揩着手上的油污,他肯定想躲得远远的,不愿意见到我哥哥,但是没有办法,他的排档炉火正旺,还有别的客人,不能不负责任地一走了之。

我要了一份炭烤海鲫,一份白水煮濑尿虾,一份姜汁煲鱿鱼须,几瓶啤酒,六瓶吧。酒菜很快上来,我们吃喝起来。

不知道是不是因为我们坐下来了,哥哥用不着一瘸一拐到处走动,这让他心情好了一点,气氛有所融洽,他谈起让他烦恼的事情。我用纸巾抹掉酒瓶上的水珠,启开瓶盖,把啤酒递给他,听他说。我还给他剥虾壳,那是一门手艺,你不能忽略掉虾线和虾头上的黄油,也不能让虾肉留下遭受过摧残的痕迹,得用锦衣卫执行廷杖的那种巧劲,就是说,人没了,皮肉完好如初。

没过多久我就弄清楚了,我到之前,哥哥刚把焦萍萍揍了一顿,他是为这件事烦躁。焦萍萍是我嫂子,他俩结婚六年了。也许时间更长,这个我不知道。之前他俩各有配偶，再之前焦萍萍是商职校的学生，哥哥在离婚之前还有别的配偶，但没结婚。我不清楚哥哥有过多少配偶。我说过我不知道，我们之间从不来往，没谈过这些事情。哥哥和焦萍萍有一个孩子。哥哥还有一个孩子，但不是焦萍萍生的，孩子的姆妈是代孕女，一手交孩子一手数钱，人钱两讫，然后就失踪了。

"看她的肚子就知道，至少还能生五个，也许八个，可惜了。"哥哥遗憾地总结说，他说的是那个替他生下儿子的"天使女"。

这一次，哥哥把焦萍萍的脸打肿了，就是这件事让他烦恼。听他的意思焦萍萍人长得漂亮，他很看重这个，一般不打她的脸；他有别的办法让她听他的话，而且，他不许她因为挨了打就离开他，更不许提离婚的事。

"我一直在为她打拼，为孩子们打拼，"哥哥委屈地说，"我还在打拼，就要成功了，她想怎么样？"

哥哥看重他的两个孩子，尤其是小的一个，就是代孕女生下的那个，是个男孩。据说那孩子长得有点灵异，老把拇指含在嘴里盯着人看，像缺了点什么，不如头一个女孩讨人喜欢。这些都是我听老乡说的。我没见过两个孩子和他们的妈。我还听说，哥哥在南澳一带很有名，是龙岗区的优秀务工人员，他没有高学历和高级专业技术资格，没有国家级技能竞赛奖励、发明专利和高额纳税数，但他靠着顽强的个人纳税、参保、固定居住、与人合办公司、做义工、参加青年志愿者行动和不间断地去献血站献血，差不多已经为自己积满了入户的分数，很快就能成为深圳市的户籍人口了。像他这样仅仅花了九年就能积满分的外省人不多见。但不管他的两个孩子长成什么样，他俩都是我侄子，两个都是。

"每次揍焦萍萍我都想哭，你说这算什么？她为什么不理解我，我为了谁，还不是他们母子三个？"哥哥灌了一气啤酒，不耐烦地看我了一眼，"你来干什么，嫌我还不够乱？"

我不知道该怎么回答他。我原以为他不会这么问，这让我一时无语。我为什么来南澳找他，这件事我俩之前在电话里简单说过。我从一个老乡那里找到他的电话。我没有他的电话，姆妈也没有。我回过头去寻找姆妈。我看见了她。她出现在鱼鲜码头，离我们有点远，站在礁石嶙峋的海堤上，呆呆地看黑漆漆的大海。哥哥没有跟着我朝海堤那边看，他要么是没看见姆妈，要么是故意，但似乎也没有太大关系。

姆妈要死了，这就是我来找他的目的。是我俩的姆妈。我们的父母从来没有跟别人睡过，他们就生了我俩。我来找哥哥，他是父母的大儿子，小时候他们通常不叫他名字，管他叫老大。我找老大认真谈一谈，我俩得对姆妈要死了这件事情做点什么，不能什么都不做，那就说不过去了。

"你为什么不回去？"哥哥说，从桌上操起酒瓶，撸一下瓶嘴，不满意地看了我一眼。

"我回不去，不能回去。"我说。这件事我也在电话里给他说过，我说过为什么我回不去。公司派人去土耳其安装光纤通信设备，名单上有我，为这个指标我等了三年，为争取等待这个指标的资格我苦熬了另一个三年。也许从土耳其回来我就能晋升二级职员，我所在的那家公司一万多号基础层蓝衣员工，像我这样的大学生有三千多，其中五分之一揣着硕士本，每个人都憋着劲往金字塔顶上爬，粥少僧多，要是错过机会，下次就轮不上我了。我觉得我已经等够了，不能再等了。我觉得这件事我已经说清楚了。

"老头的后事是你处理的，你有经验，他俩一样。"哥哥用力拍了一巴掌脸，从那里拿走一只血肉模糊的木蠹蛾，"我们最终都得死，对不对？"

"他们不会再给我机会，我只有一次机会。"

我很恼火哥哥的不近情理。我不能确定他说"他俩一样"指什么，可我在一家拥有白金版现代管理体系的大企业工作，和他不一样，我不想做水客，没有"新义安"的人可以帮我，也做不到一次次往街头义务献血点冲，为自己积攒一大摞献血证，再去换积分，我只想他能帮我一次，就这一次。

"我进公司六年了,已经干腻了,不能永远都待在基础层,这样什么前途都没有。"也许就算去过土耳其也改变不了什么,我还是进不了骨干层,但至少我努力过,不会后悔,这就是我的想法。

还有,我们的确会死,但不是现在,现在要死的是姆妈,这个也不一样。

"你就不该去血汗工厂,"哥哥愤愤地扬手赶走头顶上的木蠹蛾群,"我早说过,那里听上去不错,但你活在别人的错误里,活在所有人的错误里,这回你爽歪歪了,我没说错吧?"他把一块虾肉拣进嘴里,吮吸一下吐到脚边,用脚碾,好像那是一块突然活过来的基因突变物,是他自己,他必须那么做才能拯救地球。"她到底想干什么,就不能忍一忍?"他满是怨气地瞪着我,这回没有一掠而过,看得很仔细,"她总是做一些别人做不到的事情,要不是这样,情况会好很多。"

他说"她",他指的是姆妈,自打我俩离开家以后,他就一直这么称呼姆妈。我想他这样是错的,要是姆妈不生下我们哥俩,这些事情都用不着了,也轮不上我俩在这儿谈什么情况好不好了。但他那么说并非一点道理也没有——姆妈不是病入膏肓,她的确有一些病,甚至可以说病得不轻,但还能撑一段时间,几年,或者时间更长一点。但她不想撑了,觉得没脸撑下去,撑不动了。

"我走不开。"哥哥说,口气不容置疑,"我这条腿要了我的命,它现在越来越不听使唤,而且我不会再回到那堆狗屎里去,永远也不会。"

"那我俩谁回去?"我问。

"别问我。"他说。

"总得有人回去。"我坚持。

"你问她,问她自己,看她怎么说。"他不耐烦到了顶点,操起酒瓶,把剩下的半瓶酒一气灌掉。

我没有回头去看海堤那边。我知道姆妈还在那儿,要是她听见了哥哥怎么说,她会难过。我还知道哥哥有情绪,我俩从家里出来的时候,父母把能够攒到的钱全都给了我,一分也没有给他。我读大学需要花钱,他出来打工应该赚钱补贴我,这就是父母当时的想法,为这个,他一直不肯原谅他们。但他把我们家所在那座方圆上百里的大山叫作狗屎,这是不对的,而且他也不该提他的那条腿,他那样是在冒犯黄泉下的父亲。

我在想我和哥哥离开家乡那一天,姆妈送我俩一直送到县城。七十多里山路,是真正大山里的路,要是走公路就得乘班车,姆妈不想把钱花在车票上,坚持走去走回。我和哥哥没带行李。家里没有什么拿得出手的行李。我俩各背一只帆布包,包里装着换洗衣服。我的包破了,姆妈头天晚上替我缝好,家里为我攒的学费严严实实缝在夹层里。那天我和哥哥的表现不同。哥哥急匆匆走在前面，不断地朝路边的刺稞丛里啐唾沫，谁也不看，有一种壮士一去不复返的决绝。我有点兴奋，又有些不安，不知道到了学校以后别人会不会笑话我。那个时候我还不会说普通话，为这个我一直忐忑不安。父亲当时已经病了，他老是犯肝疼，怕花钱，硬撑着没去检查，自己到山里采了一些草药煎水喝，喝得人黑成一段漆木。姆妈本来不想送我俩，说她受不了，父亲非让她送，她就只能送了。

"他就想让我受罪，他就会这个。"背着父亲姆妈抱怨说，"他知道我会哭死，他自己也会哭死，但他让我受这个罪。"

发车的时候姆妈并没有哭。也许我看错了，但她的确没有抬手抹眼泪。脏兮兮的长途汽车从她身边驶过，她离得很近，如果不是车窗挡着，我都能摸到她被风吹乱的头发。她好像不相信车就这么开走了，不相信我们，她的两个儿子就那么离开了她，茫然地站在飞扬起来的尘土中，有点不知所措。有一只刚出生的小狗在她脚边歪歪倒倒地嗅着什么，但是一眨眼她和小狗都不见了。

"你什么时候回去？"我问哥哥。我们已经喝掉了三瓶啤酒，主要是哥哥喝，我象征性地陪他。我不能在南澳逗留太久，天亮以后就得赶回福永，不然就赶不上下午出境了。

"回去干什么？"哥哥困乏地抬头看我，好像不明白我在说什么，"你以为是怎么回事，随便说一句你什么时候回去，我就得乖乖听着？门都没有。"

我看哥哥。他说门都没有，他说了那个话像是松了一口气，把酒瓶子往脏兮兮的桌上一蹾，在砂锅里抓起一块鱿鱼丢给一只蹲在屋落里的猫。那只猫一直蹲在那里，目不转睛地看着我们。我猜它是在看哥哥，他们认识。我猜哥哥在等待这个时机，我是说，某种东西，它一直捆绑着他，令他困惑和痛苦，现在那个东西终于要断开了，铮的一声，他在等待这个时刻，然后他就彻底解脱了。

离我们不远的一个排档开着一台短波收音机，食客比我们这个排档多不少，都是附近客栈的旅游客，摊主不断地往桌上送去一些煮好或烤好的马鲛鱼、明虾、带子螺、花蟹和小蛏子。收音机里正播着一个夜间节目，听众一个接一个往里打电话，主持人是个女的，她让打进电话的人把身边的收音机关上，说自己遇到的麻烦，她再劝打进电话的人想开一点，念一些孔夫子的话，仁爱，推己及人，将心比心，企者不立，跨者不行什么的，说一半掐断电话，进入药品广告阶段，糖尿病肥胖症抑郁症之类的特效药，然后主持人再继续念孔夫子的话。

哥哥回头朝收音机喊了一声。我没听清楚他喊的是什么。也许他不是冲收音机发火,但收音机立刻关上了,孔夫子也没了声音。坐在我们身边的一对年轻男女背包客结账走了。我注意到那个女的,离开时她回头看了哥哥一眼,目光中有一丝不屑。隔壁排档也走了好几个客人,他们没吃完盘子里的炒河粉。一溜几家排档,无论摊主还是食客都低着头吃东西。看上去情况有点不对劲,大家都有点怕哥哥。我是说,哥哥在这里很有威信,这和老乡告诉我的情况一致。

"我不能回去。我发过誓,永远也不回去。"哥哥不耐烦地说。

"那我俩谁回去?姆妈要死了,总有人得回去。"我说,但很快我就后悔了。我不是那个重返大山的人,只能是哥哥,我不能把他激怒了,这样他肯定不会拖着一条瘸腿在镇上跳下班车,再走十几个小时的山路,回到家里去处理姆妈的事情了。

"我已经说过,我再也没有机会了,这次真的不行。"我把理由重新说了一遍,为了赢得哥哥的同情,这次加上我的第三个女朋友离开我的事情。哥哥不知道我谈过三个女朋友的事。我们都不知道对方的事,本来应该知道,但不知道。我说的全是事实,但我觉得真的没这个必要。

"说那么多干什么?"哥哥不耐烦地看我一眼,"你这样有什么用?你就这样让那些人拿住,任由他们宰割？"

"我没这个意思。"我觉得我得重新向他解释一下，我说女朋友的事并不是要逼他，女朋友离开我并不是他的错，他就没有让焦萍萍离开他，而且他很快就能攒满积分，成为深圳的户籍人口。我也想像他一样，留在深圳，为自己娶一个妻子，安一个家，不再做外省人。我一直在努力打拼，把命都豁出去了，把手指头都丢了一个，我并没有任谁宰割，所以我才不能回去。但说这些有什么用？我就不说了。

白水虾剥完了，虾仁在一次性塑料碗里堆得老高，有两只木蠹蛾掉进去，我把它们拣出来了。我在想要不要再加一份，或者换一个有壳的什么菜，竹节虾也行，这样我就有事情可做了。

两年前的冬天，父亲终于吐出最后一口气，撒手走掉。他被肝硬化折磨了几年，有一天他去山上收红薯，遇到野猪，他想把野猪撵走，结果反倒被野猪撵下了山沟，摔断了腿，得了坏血症，他痛苦的叫唤声连山里的动物都害怕，夜里不敢接近我们家。但父亲不是得坏血症死的，是肝癌。我不明白山里人怎么也会得癌。我不知道这个世界怎么了。我向公司请了假，回去处理父亲的丧事，丧事处理完，我们都轻松了很多。

那天晚上，我和姆妈在火塘边坐着说话，她给我烤了几块糍粑，做糍粑的糯米是用头一年积攒下的桐子从山下镇里换来的，烤得又香又糯，很好吃。我问姆妈为什么不吃。她说心里堵，吃不下。我明白这个，她没有说谎话，谁遇到这种事情都好不了，但我还是把烤好的糍粑吃完了。火塘里的火很旺，姆妈听见了什么，起身去屋后查看。我不知道她去看什么。猪圈是空的，去年夏天养的一头架子猪已经装进村里帮忙办丧事的乡亲们肚子里带走了，几只鸡也陪伴架子猪一起走了，屋后的房檐下吊着几穗被山鼠糟蹋掉的玉米，还有一袭父亲留下的斗笠蓑衣，没有什么可看的。后来我才知道，姆妈是去看埋在山坡上的父亲，她担心父亲躺在那里会觉得冷，犹豫着是否要给新泥蓬松的坟头添一抱柴火。然后她回来，坐回火塘边。她就是在那个时候第一次告诉了我她的决定。

"再过一段时间，过一段时间吧，"姆妈没有看我，把一双扭曲到完全看不出样子的手伸向火焰，那是风湿性关节炎和漆毒造成的后果，"等喘过气来，我也跟你们老汉走。"

"去哪儿？"我没明白姆妈的意思，抬眼看她。

姆妈没有再说，脸上露出一丝后悔的神情，好像她不该那么说，不该告诉我这件事。我很快明白过来，劝她别那么想，她和父亲不一样，至少还能活二十年，也许三十年都不止。她只有五十一岁，只不过有风湿性心脏病和关节炎，那算不了什么，她不该那么想。

"你们老汉问过我,"姆妈说,"他要是走了,我跟你们谁过。"

"跟谁都行。"我说,"要不你跟我。"

姆妈笑了,样子很满足。我看着空了的糍粑篓,有几粒变了模样的江米黏在上面,看上去有点依依不舍,我忍不住把它们一粒粒抠起来吃掉。姆妈问我是不是还想吃点什么,她去一旁端过一只篾梢脱落的笤箕,让我嗑松子。

那天晚上山风很大,门被拍得直摇晃,咯吱咯吱的,有什么动物在对面的山坳里嚎叫。我猜不管那是什么动物,它一定是个做姆妈的,它在找它走丢的孩子。姆妈后来说到哥哥。她没有埋怨哥哥没有赶回来奔丧,她让老乡捎了信给哥哥,但他连信都没回。她叹着气,说难为他了。她说你们老汉不是故意的,他也没有想到,老大会那么决绝地扭头就跑,否则也不会出那件事了。她说应该老大读书,老二就算了。她说这件事不能怪她和父亲,他们不认识老大的老师,不能央求老师给老大加七分,让他念上大学。我觉得这种话就不必说了。我觉得他们就是认识哥哥的老师也没有用,老师管不了阳光招生,再说哥哥提出过他愿意读专科,只要能读上书,读什么都行,但是家里拿不出那么多钱。我觉得什么都改变不了,不然父亲完全可以从屋后的坟地里爬出来,和我们一起吃烤糍粑,嗑松子。我往火塘里添两块柴样,再递给姆妈一张纸巾,让她把眼窝里的眼眵揩掉。我告诉姆妈,我已经是四级职员了,也许过年就能转成三级,他们很重视我这个材料专业的高才生;我答应很快把她接到深圳,让她过上幸福生活,但我觉得这样可能不管用。

"她是怎么想的?你为什么不拦住她?"哥哥没好气地问。

我看了哥哥一眼,没说话。我拦了,这个我在电话里给他说过,我只是没告诉他,姆妈特地叮嘱我,不要对他说。

"老大要强。他比你难。你们老汉死了,一切都不一样了,我不能给你们添麻烦。"

姆妈就是这么说的。但我没有明白,要强和难有什么关系,为什么一切都不一样了,那里面包括什么?还有一件事,我一直不知道,父亲和姆妈,他俩是怎么看他们的两个孩子的。据我所知,父亲和姆妈一直认为我脑子有问题,磨不开,除了死读书,别的什么也不会,老大就不一样,他是他们——曾经是——最骄傲的孩子,也是他们见到过的那座鄂西北大山里最聪明的孩子。我能看出来,姆妈对她的老大有一种深深的愧疚,打我们离开家里以后,她一直回避谈到他,一谈到他就叹气,不知道父亲是不是也这样。但他们没有告诉我,他们愧疚什么。

父亲死了以后,姆妈神魂颠倒,有一段时间走路都走不稳,好像她的一条腿和一只胳膊不见了,被父亲带走了。后来好了一点,但也好不到哪儿去。她种不动地,种一季野猪收一季,种一季野猪收一季,她没法种,种不动了。家里的房子倒过一次,又倒过一次,谁也说不清那几年的天气怎么那么糟,天像垮了堤坝似的,雨下个没完没了。山洪来得猛,姆妈被山水困在核桃林里,抱着树干哭着喊救命,但是没有人来救她。村里人都忙着在自家地基后抢挖排水沟,即使住得最近的胡大狗,他家离我家也隔着一道沟,水凶得根本过不来,再说胡大狗家和我家关系不好,他媳妇打过我姆妈,把她打倒在红薯地里,头都打破了,他们不会管她。

哥哥朝巷子那边看了一眼。有一个背包客模样的中年人装作是路过,鬼鬼祟祟走进马路对面的巷子,很快折返回来,埋着头快步走掉。我猜他并不真想在这种时候来找乐子,他要是在旅店里耽搁了,赶不上团队凌晨上山的时间,人们就会报警。

"你说什么?"哥哥问我。

"我什么也没说。"我说。

"那你说什么?"他说。

"你指刚才还是现在?"我说。

"没有用,"他放弃掉,挥了挥手,好像那是一个无聊的话题,"我已经说过了,什么用也没有。"

我们又陷入沉默。

后来我的确那么做了,就在姆妈说过要跟父亲走的话三个月后,我把她接到了深圳。为了安顿姆妈,我从城中村的合租房里搬出来,租了一个价钱相对能接受的单间,姆妈和我一起生活了六个月,那六个月把我熬垮了,也把她熬苦了。姆妈头一次站在"家"里的样子,我一辈子都忘不了。她很紧张,帮我叠堆在床上的被子和衣裳,收拾地上的外卖餐盒和没洗的衣物,做完这些事她就一直站在那儿,不知道再该做什么。我不知道有什么东西刺激了她,弄得我也很紧张。我说了几遍让她坐下。我说随便,她可以坐在任何地方,或者躺到床上去,但她怎么都放松不下来,直到夜里睡觉前,她才小心翼翼地在床的一角坐下,很累地轻轻叹息了一声。然后我们说了一会儿话,主要是我说,她听,一句话也没插。她死也不肯睡在床上,坚持睡地铺,为这个我们争了几句。那天晚上我一直在想,接下来,第二天,还有更多的那些日子,我对她说什么。

过了几天,姆妈下决心出门,结果找不到回来的路。我去派出所把她领回来,她一见到我就抱着我大哭,浑身发抖,不肯松开我。她记不住城中村迷宫似的地形和集装箱似的楼群,分辨不出人头攒动清一色的年轻人,每一栋楼在她眼里都一样,每一个走过的年轻人她都会当成是我,她被那种情况吓坏了。

"学学养宠物的人,你连他们都比不了,你妈养你值得吗?"负责处理这件事的警察非常生气地训斥我。

当天晚上,我给姆妈做了个牌子,写上我们"家"的门牌号码,还有我的名字和手机号码,没几天我就在垃圾袋里看到了它。

"我不该待在这里,"姆妈木讷地低着头不敢看我,她为这个而抱歉,"我心里发慌,老觉得走得太远了,腿上没劲。"

"再想想别的办法,会有办法的。"我说。

有一次她忘了关煤气,差点儿没把自己炸到天上去。有一次她被房东骂了两个小时,但房东的话她一句没听懂。还有一次她在地铁出口处着急地走来走去,她忘记了自己来这儿的方向,等我找到她的时候,她泪都流干了,委屈地抓着我的手不肯放,抽搐得发抖,她那个样子就像个得了衰老症的孩子。我们都受不了了,完全崩溃掉,直到我去河南安装设备那次。

"能借点钱给我吗?"哥哥打破沉寂说。

"什么?"我问。

哥哥简单地说了用途。他和夜总会老板的侄女,一个很能干的女人打算合伙包下一个养蚝场,他担心积分入户的政策改变,想加快积分的步伐,而且他大女儿明年就要上小学了,要花钱的地方太多。

"没有。"我说，我的意思是，那些财富巨鳄已经在人们中间形成了很大的恐慌，人们已经受不了了，"我也想跟上时代，不能什么也不干，但那样很困难。"

"我得想办法解决这件事。我想让焦萍萍去管理养蚝场。她不该那么焦虑，她可以干很多事情。"他说，"算了，我们不说这件事。"

但我不知道我们能说什么。我在想我那个一次面都没有见过的嫂子，她一定被哥哥拼命挤进这座城市的劲头吓住了，也许她从没见过一个男人能有这么执着和疯狂，我在猜她对这件事情怎么想，和这样的男人一起生活她能干什么，在他暴戾地抽过她耳光之后她能干什么。我在想姆妈，她很快就要死了，在此之前我们能够做些什么。

那次我去河南出差，离开了五天。走之前我特意教姆妈学会了使用煤气，告诉她怎么通过没有红绿灯的过街横道，这样就不用老是等在马路边，无法过马路。等我回到深圳的时候，姆妈已经饿了整整两天，每次她把煤气点燃都会害怕得立刻关上，然后躲到屋外去。她担心煤气爆炸，靠喝水龙头里的水度过了那五天。我真不该告诉她不关煤气的后果，她被这个吓坏了。我去城中村的小食店买了两份鱼蛋和一份汤粉，坐在那里看着姆妈急匆匆大口喝着汤汁，把整粒裹着脏兮兮蘸料的鱼丸往嘴里填，被滚烫的汤汁烫得眼泪直流，心里五味杂陈。那是我第一次观察姆妈吃东西,她差点没被噎着,我在她背上拍了好几下,她抬头冲我不好意思地笑了一下。我觉得我俩的身份换了个个儿,她是孩子,我是姆妈,但我不是一个好姆妈。

我的第三个女友就是这个时候离开我的。她不相信如今这个时代还有谁会这样不开化。她是从贵州山区出来的,她就能熟练地使用苹果手机软件;她认为我和姆妈在合伙欺骗她,我们在故意为彩礼数的压价制造舆论,这让她无论如何接受不了。女友那天专门出门给姆妈买来苹果,泪巴巴地削给姆妈吃,说阿姨让我孝敬您一次吧,然后她就和我分了手。女友离开以后姆妈痛哭了一场,把苹果摔了一地。她说自己是个可怜虫,什么也做不了。她说活着比死还难受,老天为什么不把她带走。我劝了她好半天,直到后来发了脾气,她才停止流泪,乖乖地去倒垃圾。

那天晚上我做了噩梦,梦见前女友嫁给了我死去的父亲,她吃力地往我父亲的坟茔里搬她的嫁妆。我从噩梦中哭醒过来,发现有什么不对劲。我看见姆妈像一只没有进化好的猴子,撅着屁股在地上爬来爬去,在房间的每个角落里摸索一阵,再离开那儿。她钻进床底下,再困难地钻出来,手里拿着一样东西。借着窗外的路灯,我看清了姆妈手中是什么,那是一只她摔掉的苹果。

那天晚上姆妈和我谈到天亮，以后她就走了。她花了两天时间把我的衣物和被子洗了，把屋子打扫得干干净净，地板抹得都能直接摆放蒸好的馒头。我觉得对不起她，但也没拦她。我送她去车站，看上去她很高兴，对离开城市回到山里这件事感到满意，而且有点急不可耐。她对豪华大巴有戒备，好像被它的样子吓住了，一直追着我问车票多少钱，能不能换成站票。她不断安慰我，说她想父亲了，她担心开春前野兔找不到吃的，会把父亲的坟刨开。车开走的时候我没有跟着车往前跑，我有一种感觉，那是她最后一次出现在我的生活中，我看见她从车窗里擦着半边脑袋高兴地朝我招手，我没有回应，心里充满了委屈和恨意。

"她是怎么想的？她完全疯了。"哥哥愤懑地说。

"她没有那种病。"我说。我是指姆妈没有疯，她没有精神方面的病，关于这个我比他知道。

"难道事情还不够？已经够了，别再继续下去了。"他气愤地说。

我没说话。我能说什么？

姆妈回到山里以后，我又搬回合租屋，以后按月给姆妈寄钱回去。不多，但够她买粮食的。后来我才知道，她把我寄给她的钱加上她拾菌子和挖中药换来的钱全都捐给了报恩寺，在寺里给父亲认下一块功德碑。附近几个村的人都那么做，她觉得她也应该这么做。寺里的和尚为功德碑做法事的时候,她很紧张地守在寺庙外,然后和寺里的杂役一起把那块碑抬到寺院后面的坡地上竖起来。那块碑并不单独属于父亲,如果那样需要捐更多的钱。报恩寺的老住持很通融,同意把姆妈的名字刻在一大串名字的最后面,这样姆妈就相当于省去了一半的钱,她为这个高兴了很久,趴在台阶上给老住持磕了好几个响头。

我知道这件事情以后很生气,姆妈干什么了要捐那块没来由的功德碑?那些菩萨管过姆妈和父亲的现世吗?管过我家祖宗们的来世吗?他们怎么能够胡乱收人的钱?菩萨管不了,人们也一样,人们根本就不管,姆妈有一段时间病得大小便失禁,胡大狗在下山的路上安装了孔明枪,它们差一点要了下山抓药的姆妈的命。山里没有社区医疗站,政府的禁山政策让啮齿类动物疯狂繁殖,玉米和洋芋常常在一夜之间就被野物糟蹋掉,保险公司从来没有光顾过大山深处,这些事,没人管。

但我并没有回去找报恩寺的和尚讲理。请假会影响我的晋职,回去一趟还得破费不少,想想这些我就忍住了,没有再提这件事。

一了百了。姆妈就是这么给我说的,她在山下的镇子里拨通了我的电话,告诉了我她最后的决定。说那个话的时候,她没有一点难过的样子,还轻松地叹了一口气,好像这是她一生中做出的最正确的事。她那句话把我饸住了。

我回过头去找姆妈。她不在海堤边,不知去了哪儿。我想起第一次她对我说这件事情的时候,那时我们刚刚处理完父亲的事,坐在火塘边烤糍粑,火塘里的火焰往上蹿,像是想要从火塘里逃开,我把矮凳往姆妈身边挪了挪,搂住她的肩膀,轻轻摩挲她的背,除了这个我什么也做不了。姆妈的背有些佝偻,她还不算老,严格说她只是个中年人。我在想她年轻时候的样子,那个时候发生过什么事情。她肯定年轻过,在没有生哥哥和我之前,她一定像朵美丽的番红花,那个时候她会不会像现在这样叹息,会不会像现在这样决定一了百了,结束掉自己的生命?她坚持了两年,现在她不打算再坚持了。

"焦萍萍太不懂事,她越来越不懂事,很快我就会解决这些事。"哥哥生气地说,他说话的时候把蘸料碟子打翻了,为这个他更加恼火,"他们别想阻止我,我一定得把分积满,没有人能把我从南澳赶走。"他脾气太坏了,看上去比原来更坏,这方面他没有什么改变。

摊主很快送来新的蘸料碟,还用塑料圆筒里的纸巾擦干净放在一旁的金属手杖。其间哥哥起了一次身,走到巷子当中,和路过鱼鲜码头的两个中年人用本地方言说话,主要是和两个人中更富态的那一个说。哥哥两只手交替着掩住裆部,在富态的中年人面前显得很卑微,这和他之前的表现完全不一样。以后他就回来了，气不打一处来地坐下。

"官二代。"他不屑地说，"他爸爸是街道办副主任，他也是，下一届就轮到他接班，靠这个他们能把人变成狗屎。"

哥哥和自己的老板飙上了，和夜总会的客人飙上了，和街道办的官员飙上了，和他遇到的所有人飙上了。他总是败下阵来，然后拖着一条瘸腿跳到一些紧锁眉头的女人床上宣泄怒气。但这不是事情的全部。他从不和那些女人鬼混，而是非常认真地要求她们像他一样，他们之间谈点什么。他让她们坐在他那条瘸腿上，要求她们目光专注地看着他。

"看看这条可怜的腿吧，想象一下它有多脆弱。"他含着眼泪向那些女人歇斯底里地大声喊叫，然后不要脸地痛哭起来。

我不知道哥哥经历了什么，他刚满三十岁，三十多一点，可是脸上已经堆满了沟壑，看上去比耳顺老人还要老。南澳很好，南澳是深圳的后花园，这里的原住民都是幸福的人，哥哥肯定想成为他们那样的人，他差不多已经攒满分了，但看起来他离幸福还有很远的距离。我不知道他在哪个环节出了差错，他怎么会把自己搞成了这样，我们之间从来没交流过这些事。

"没完没了，就是没完没了。"哥哥说，愤懑仍在，

"你让我怎么办？我不可能和每一个人说清楚，不可能去守住谁，谁也守不住，她是怎么想的，她为什么要去死？"

有一阵我们谁都没有说话，也没有喝酒。后来我们又要了四瓶酒，继续喝。没加菜，菜够了。我有点后悔没有点窑鸡，那是南澳的特色，但是够了。我知道问题不在这儿，我知道哥哥他还是记恨父母，他们把盖新房的木料卖了，把家里能够凑出和借到的钱全都给了我，也许那个时候他们能够做点什么，比如让哥哥也读书，读一个专科学校，而不是只供我一个人读书；也许他们该分出一部分钱，比如五分之一或者再多一点，让哥哥在离开家乡的时候不至于空着两只手；但也许他们从没那么想过，没敢那么想，想也没用。这件事情我没和父母交流过，我不能肯定，当时我一门心思只想离开那座大山，只想带上足够的学费而不至于让人笑话，那个时候谁要阻拦我，我什么都能做出来。

"我他妈一辈子也不会这样对待我的儿子，"哥哥发狠地把酒瓶子蹾在桌子上，不可思议地摇了摇头，再摇了摇头，就像他永远也想不明白，只是希望彻底摆脱掉什么，然后那件事情再与他无关了似的，"我不会让我的孩子觉得还有另外一种生活，他们和那个生活完全无关，他们是被搋进池塘里的蜻蜓。"

我知道哥哥在说什么。小时候他是我们那座鄂西北大山里的名人，他知道很多别人不知道的事情，他的作文写得非常好，学校的老师总是拿他的作文当作范文在课堂上讲。有一次他有一篇作文在县里的报纸上发表出来，那一次把我们一家人吓坏了。我还好，主要是父母，他们不知道出了什么事，为什么他们的老大要在报纸上写那种话，他们的老大满腹忧虑，对从来没有去过的世界刻骨铭心地念叨，这些奇怪的念头让人弄不懂，它们都是打哪儿钻出来的。

有一段时间，父亲担心他们的老大走火入魔，不允许他再去学校，让他在家里砍青冈树，等冬天到来的时候，家里就有柴火烤火了。那一次父亲揍了哥哥，他把不该砍的树给砍了，而且留下了过多的树桩。父亲气得浑身发抖，他刚被林区管委会罚了款，他用捕狐夹捕捉到两只兔子，拿到山下的镇里去卖，被镇上的人举报了。林区管委会的人说那是华南兔，国家三级保护动物，为这个家里被罚得一个子儿也没剩，但这样已经不错了，要不是管委会手下留情，父亲得坐三年牢。父亲始终想不明白，他祖祖辈辈生活在这座大山里，他们猎过虎，套过熊，到了他这儿他就不再是这座山的主人了，连兔子都不能捉，捉了就得坐牢，他想不明白这件事情。

父亲揍哥哥的时候哥哥本来想还手，但他不是父亲的对手。他手里握着一根青冈木，全身发抖，眼里满是委屈和仇恨，然后他丢下青冈木扭头跑掉。他没能跑出多远，人撞到一棵他不久前砍掉的树茬上，断掉的树茬深深扎进他的大腿，他当场晕厥了过去。

哥哥伤好以后落下残疾，成了瘸子。再以后他离开家，我在半道上追上他，送他翻过五指梁。他在路上一句话也不说，脸色严肃得可怕，我被他那个样子吓住了，不敢跟得太近。后来他站下来，不看我，看更远处的黛色的山。他说，我再也不会回来了，以后你为他们送老吧。他说完那句话以后就走了。我站在那里，看着他拖着一条瘸腿急匆匆消失在山路尽头，我知道那就是他想要的，他不会再回头看我一眼，我为这个难过了很长时间，并且为我没有把他送出更远而始终心存抱歉。

哥哥去了县城，但没能在那儿待多久。他瘸着一条腿，什么手艺都没有，人家不会让他写那种不切实际的作文，他这样在城里完全混不下去。后来他回到学校，但再也不写优秀的作文，而是到处找人打架，很快就成了远近闻名的狠角，在这方面他可以说素有天分。朱老当带着两儿一婿气汹汹到学校闹事那一次，学校完全失去了主张，老师们躲在宿舍里不敢出来，学生娃哭喊着到处乱窜，校长当着全校师生的面给朱老当跪下，求朱老当放过学校。哥哥出现在教室门口，脸色铁青，手里提着一把砖刀。他把砖刀用力劈下去，在场的人发出呀的一声。他不是劈朱老当和他的两儿一婿，是劈他自己,他那条瘸腿。当他拖着血肉模糊的瘸腿不要命地向朱老当扑过去的时候,你就知道事情应该结束了,不然谁都讨不到便宜。

我在想,要是我也是个瘸子,我的一条腿给废掉了,在我的兄弟去城里读大学的那一天,我也决绝地离开大山,把自己交给莫测的命运,从此以后拿那条瘸腿来赌未来,谁要拦着我,我就把砖刀往大腿上劈下去,把那儿重新劈得皮肉绽开,要是那样,我会怎么样,会不会活得像个人样?

"你是不是觉得没帮她死,你对不起她,心里过不去?"哥哥喝了一气啤酒,不怀好意地问我。他已经喝了七八瓶酒,看上去已经到量了。"别没完没了地说,就说一次,一次就够了。"他去捉一只在瓶嘴上挣扎的木蠹蛾,没捉住,放弃了,"你是不是觉得,这件事我们应该帮,做儿子的应该帮助自己的姆妈去死,不帮就不对?"

我没有回答他,回答不了。我在电话里简单和他说过姆妈是怎么想的,话有点语无伦次,但还是说了。姆妈在镇上拨通了我的电话,她告诉我,她觉得活得很难,没有什么意思,不想活了,她想了断自己,去找父亲。她把这件事情告诉了我,然后她就解释,越解释越乱,最后连解释都解释不下去了。我猜她觉得这么做有点对不起我和哥哥,她得先和我俩打个招呼,要不然她连这个都不会说,对谁都不会说。而且她不知道该怎么了断,用什么方法了断,她希望我,希望我这个做儿子的替她想个办法,最好能直接帮助她了断,这样她就不会因为想不出办法而茫然了。就算那样,她还是放心不下我们。

"你们现在过得不错,很多事情姆妈帮不上了,要能帮姆妈一定会帮,但帮不上了。"姆妈说那句话时非常难过,她主要是为帮不上我和哥哥难过,而不是我拒绝帮助她去死,拒绝替她想个死的办法难过。我把电话举在耳边,听着大山里的风通过电话皮线嗖嗖地传过来,不知道能够说什么。姆妈感觉到了,她叮嘱我千万别把这件事告诉哥哥,别告诉他她打算一了百了:"他会恨我,恨你父亲,他从小就这样。"

姆妈说得对。她了解她的老大。哥哥从小就聪明,知道这是怎么回事,这些事不是一了百了能够解决的,这些事谁也帮不了谁,爹妈和儿女也帮不了。

但她是我们的姆妈呀!她要死了,不是病,是自己了断!在我拒绝帮助她了断之后,她不再央求我,说她会自己解决。她提到喝农药,但嫌那样脏,会带一身药气,因此连累父亲,让两年没见的父亲不安。上吊她也不愿意,担心样子不好看,吓着父亲。她最后选择了跳崖,她希望等她了结之后,我能去山崖下找到她,为她收尸,把她摔碎的身子缝合起来,葬在父亲身边。寿衣她早已为自己准备好了,用我给她寄回去的钱,她在捐给报恩寺的时候留下了一小部分。她只需要我做一件事,去山崖下找到她,别的不用麻烦我。

但我什么也做不了,既阻止不了她自我了断,又不能回到大山里为她收尸。还有哥哥,我们只是在谈论这件事,而且连谈都谈不下去了。

这个时候来了一个年轻保安,是哥哥手下的,可能是刚复员的军人,穿一身黑色高仿特种兵制服,领带打得十分整齐。他小声向哥哥汇报着什么。哥哥要他去通知人,带上家伙。年轻保安匆匆离开,是按队列姿势转身走掉的。然后哥哥说他要去处理一件棘手的事。

我在哥哥站起来的时候拦住了他。我告诉他,我还有一个小时,一个小时以后天才亮,我能等到那个时候。我的意思是,这些年我存了一些钱,不多,也可以说很少,包下养蚝场肯定不够,但我愿意把钱拿出来,借给他,只是他得回到山里去替姆妈收尸。我就是这么跟他说的。他看着我,我觉得他看我的时间比我俩做兄弟的时间还要长,然后他什么也没说,一瘸一拐地朝海堤走去,站在那里朝大海里撒尿。

破晓时分,海面上浮着厚厚一层雾气,海湾里有几艘船,船上亮着忽上忽下的灯火,凭这个就知道大海一夜都没有入睡。我看见了姆妈。我看见海光一晃,姆妈出现在海堤上,她犹豫了一下,朝哥哥走去,看上去她想对他说点什么，对她的老大说点什么。她走近她的老大，冲他张了张嘴，但她的老大没有理她，系上裤子拉链，穿过她的身子径直走掉了。

我觉得心口狠狠地被戳了一下。我觉得我的身子被什么洞穿了。我在想，接下来我怎么办？有一点可以肯定，我会把存折里的钱全都取出来交给哥哥，他不能光是一次次往外抽自己的血，抽一次挣几个积分，然后脸色苍白地回家揍嫂子；他需要安顿好她，需要与生活和解。不管怎么样，我还是希望在我去土耳其之后，他能够改变决定，回去为我们的姆妈善后。至于我自己，我和哥哥不一样，我一直没有在是否还愿意回到山里去这件事情上动过脑子。我以为我会回去，至少逢年过节的时候，我会回去。可是，父亲死了，姆妈也要死了，那栋早已破旧的木头房子很快就会被野草和爬虫类动物占领，很快就没有人再会找到它。要是这样，我就真的回不去了，回去也没有意思了，那个和我有千丝万缕联系的地方，那个我们叫作家乡的地方，就彻底从我的生活中消失了。

但这个念头并没有要我的命。至少来说，我的生活刚刚开始，那个念头还没有那么强烈。

脑门发亮的中年摊主过来。我们要了四个菜，喝了九瓶啤酒，酒菜钱不贵。我接过找零，撑一下膝盖从小桌边站起来。这个时候，一个女人不声不响地贴到我身边。准确地说，是个女孩，最多十四五岁。她问我玩不玩一下。我说你是鄂西人吗？她笑了，说原来是老乡，那就便宜你，给你打折。我说我没有钱，之前有，现在没有了。我俩站在那里说了几句，是我们共同的家乡的事情，然后女孩冲我扬了扬手，离开了。

  天快亮了，码头上人多了起来，各种嘈杂的声音在那里响起；一个光着上身的汉子在大声叫喊着什么；几辆拉鱼鲜的小货车晃着脏兮兮的大灯从远处驶来；一只睡意惺忪的狗从巷子里走出，在海堤边停下，漫不经心地朝海上看了一眼，转身离开。我向海堤上望去。姆妈还在海堤上。她支离破碎，隔着整个家乡默默地看着我，我看不清她的脸，不知道我还能做什么。我换了一只脚支撑自己。我会等待哥哥处理完他的事，把我的决定告诉他，然后我就离开。

2013 年 2 月 28 日

于深圳梅林数叶轩

她们现在一点感情都不讲了

萧花花问曾有心还往不往下谈。萧花花的意思，如果不谈，他们就清盘，结束关系。

他俩说这件事的时候，吴继生就等在宿舍外面，像一头吊着胳膊咻咻寻找侵入者的黑猩猩，徘徊来徘徊去，等待着打架的机会。曾有心很清楚，他不是侵入者，吴继生才是，但吴继生希望他怒气冲天地叫萧花花滚，这样萧花花就会收拾她的东西，走出宿舍，吴继生就能顺利地把她接走。他还知道，如果他没忍住，动手打了萧花花，给她一个耳光什么的，吴继生会非常高兴。这是一个很好的机会，那样的话，事情可就有好看的了。

曾有心不明白，萧花花到底看上了吴继生什么。吴继生割过一只肾，坐过一回牢，而且他算不上什么了不起的人物。要是吴继生现在还有两个肾，或者犯了听上去还算回事的案子，那他也没什么可说的。可吴继生不过是用他的一只肾换了一笔钱，然后又拿了人家一笔钱，替人顶缸，为这个吃了两年牢饭，凭什么萧花花就看上了他？

吴继生曾经是曾有心的同事。他俩都在快递公司跑过楼。曾有心比吴继生早5个月结束培训，等吴继生正式上班的时候，他每天都能送出40多单，是公司的优秀员工了。他很奇怪，萧花花是有点爱招摇，喜欢在男人面前搔首弄姿，可是，平时她到公司找他的时候，和她套磁的人当中并没有吴继生。那个时候什么都看不出来。没过多久，吴继生就被警察抓走了，好像他俩连认识的机会都没有，他们怎么搞上的？

"你有点良心没有？吴继生要供他妹妹上大学！"萧花花冲曾有心大喊大叫。她的意思是，吴继生卖肾和替人顶缸都有道理，曾有心反而没道理。

说这个没用。曾有心也想挣大把的钱，然后他就能和她结婚。为了多挣一点，准确地说，为了能每天多挣16块钱，他在快递公司只干了一年就跳了槽，去保洁公司干洗楼的活。有一次，保险扣脱了销，他差点儿从37层的幕玻上摔下马路，这件事情她不是不知道。挣钱的理由谁都有一大把，但就算他把肾不当一回事，也决不会把自己往牢里送。他连早点把她娶到手这么重要的理由都不利用，难道她没看出他的一片苦心？

曾有心谈过好几个女朋友，算起来，和萧花花在一起的时间最长，快3年了。萧花花在送水公司做统计员，之前还做过一些别的。她不算漂亮，但你觉得女人还需要什么？他们谈到过结婚的事。她23岁，他28岁，他们都老大不小了。他以为这一次就定了，就是萧花花了，他俩会有一个聪明上进的孩子，他俩会努力挣钱，能过得很好。如果他们再奋斗两年，能在龙岗的某个小区供一套小户型，他们就能在年纪更大之前做出最后决定。但现在情况发生了变化。

深圳有无数家潮州粥店，一万家总有吧，他们去的那家在羊台山森林公园旁边，他约萧花花在那里见面。按她说的，他们需要决定还往不往下谈，要不就清盘。之所以选择在那里，是头一天晚上曾有心睡不着，翻来覆去地想，要是萧花花决定离开他，跟吴继生走，他是否要请她喝一次粥，就算他俩的分手饭。但直到凌晨迷迷糊糊睡去，他对这件事一直没有拿定主意。

不是吃饭的点，店里没有客人，只有一个年轻的女服务员，之前没在店里，在曾有心等萧花花的时候，她在门口和一个男人说话。那个男人是个乞丐，穿一双很脏的旅游鞋，带着一只鼓鼓囊囊的双肩包，女服务员个头矮小，有点胖，右边脸颊上一只很深的酒窝，他俩用粤东南一带的家乡话说着什么。他俩站在阳光下，姿势都很放松，看上去有得聊，要是曾有心事先不知道他俩是谁，会把他俩当作失散多年的父女。

曾有心带萧花花进店里的时候，女服务员和乞丐也聊完了，跟进店里，用抹布在那里东抹一下，西抹一下。女服务员看了曾有心一眼，眼神显得很不客气，只是在追捕一只苍蝇的时候，她才略微有点变化，兴奋地在几张桌子间穿梭往来，差点把调料瓶打翻。

"来一壶茶。"落座以后曾有心对女服务员说。

"普洱菊花，哪种？"服务员问，看一眼萧花花。

"就白开水。白开水行吗？"曾有心说。

"吃什么?"服务员警惕了。

"还早,一会儿再说。"曾有心说。

"确定吃吗?"服务员盯着曾有心。她的左眼下长了一颗浅赭色的痣,俗称滴泪痣。她的眼睛没有萧花花的眼睛好看,但也不难看。

曾有心扭头看萧花花。萧花花的目光等在那儿,撇了一下嘴。

"这是粥店,不是酒吧,酒吧也不让白坐。"女服务员说。

"没说白坐。"曾有心说。

"吃什么?"服务员咬住了。

"我们商量一下。"曾有心说。

"白开水也算茶位费,5块一位。"

服务员看了曾有心一眼,菜单划拉一笔,丢在桌上,人离开,一会儿回来,在桌上搁下一壶白开水,两只软塌塌的塑料杯,然后再度离开,动静很大地去一边继续赶那只苍蝇。

至少曾有心和萧花花能够好好坐下来说话了。等坐下来以后,曾有心发现他犯了个错误,他应该安排萧花花坐在背对门的位置上,而不是现在面向门的位置,这样她就看不见女服务员驱赶苍蝇的夸张动作,以及不时朝这边瞥来的不友好的眼神了。但现在已经晚了,她俩基本上在一个视线区域内,服务员不断往这边看,一瞥一颦,全是挑衅,而萧花花对他很戒备,一副做好了冷战,不会听他的安排的架势。

"我们换个位置。"曾有心和萧花花商量。

"你想干什么?"萧花花警觉地看他。

"算了,随你便。"曾有心放弃了。他觉得还是不惹事为好。

"你指什么,什么算了?"萧花花追问。

"我没指什么。"曾有心发现可能已经惹事了。

"但你要换位置。你还说算了。你到底指什么?"萧花花咄咄逼人。

"我没说我俩的事。我们还没开始说我俩的事。"曾有心连忙解释。他在心里埋怨自己多此一举。

"那现在就说。我还有事,说完我得去办事。"萧花花腰背笔直,两只脚收在椅子下,一副话说完就起身离开的架势。

曾有心很恼火。他知道这不是她的错,要怪就怪吴继生。吴继生明知道他和萧花花谈了两年多,他们就要结婚了,起码他们谈到过结婚的事,有那个打算,他横插一杠子,让萧花花分了心。吴继生长得很帅,是那种靠脸蛋哄女人上心的男人,一般情况下不和女人调情,但只要一调,女人就丢了魂,没有女人不喜欢这种样子的。但曾有心没有发作。不是时候。发作了也没用。

"谈吧。快点。"萧花花说。

"你让我想想。"曾有心说。他给她倒水,也给自己倒,烫了手。白开水里一股葱花味儿。

"要是没想好,那就换一个时间。"萧花花不动塑料杯,挪动一下身子,做出要离开的样子。

他拦住她。他觉得事情全都不对了。过去他可不是这样。过去他在军队当兵那会儿,单兵动作他练得非常好,地形利用是他得分最多的科目,怎么一离开军队,这一套他就全忘了,主动放弃掉靠外面的有利位置,还在对方眼皮子底下露出破绽,让人家当了靶子?

"我到底有什么让你不满意,你要这样对待我?"曾有心委屈地说。

"连你自己都不知道,我们还有谈的必要吗?"萧花花说。

"我不喜欢你说这种话。"曾有心说。

"这种话过去管用,现在不管用了,你已经失去了说这种话的权力。"萧花花冷笑。

"就是说,我们之间完蛋了,结束了,对不对?"曾有心尽量控制自己,但有点控制不住,手开始发抖。

"这是你说的,不是我。那就没有什么好说的了。"萧花花说。

萧花花站起来往门口走。她手上多了一个包,那种廉价的仿冒品,之前曾有心没有注意到。女服务员像是后脑勺上长了眼睛,立刻停下手中挥舞的抹布,过去把门打开。看上去,她一直在等待这个结果,好像她和萧花花是一个配合默契的战斗小组,她负责掩护萧花花撤退。曾有心快速起身,绕过女服务员,拦住萧花花。

"我知道,我知道。"曾有心说。

"知道什么?"萧花花问。

"坐下说。"曾有心说,脸上带着僵硬的笑,像一只失宠的狗。

萧花花坐下了,因为这个,她给了他一个面子。曾有心知道,这样的面子不会有很多,坐一次少一次,直到什么也不剩。但他真的不甘心。他想起从军队复员那会儿,他是多么上进啊,青春勃发。他遇到的第一个姑娘,她有迷人的身材,喜欢穿露脐装,还有第二个姑娘,她从不给他脸色看,只会没完没了地哭。那会儿他深深地迷恋她们,连为她们去死都做得到。现在这一切都过去了,他把姑娘们弄丢了,把军队教给他的那点儿骨气耗尽了。他一直没有弄明白,敌人都是在什么地方出现的,他为什么老是占领不了有利地形,一想起这个他就背心发凉,有一种想哭的冲动。

女服务员过来了,但不是给他们续白开水。水一口没喝,壶里还是满的,用不着续。

"想好了?吃什么?"女服务员盯着曾有心问。

"非得这个时候?"曾有心有些不高兴。他觉得女服务员是存心的。但他也没敢怎么样。

"什么时候吃由你们决定,但得先把菜点了,谁知道你们是不是白坐。"女服务员坚持。

曾有心看萧花花。他觉得必须那样做。他不能在有他人在场的时候,把目光从萧花花脸上移开,那样做非常危险。再说,女服务员目光凌厉,眼神中有话,这个他有点受不了。

"你觉得呢?"他问萧花花,意思是,这个时候她可以拿主意,而不是在分手的事情上。

"你要是犹豫不决,可以问她。"萧花花的口气带着嘲笑。

女服务员笑了一下。曾有心没看女服务员,但他知道她在笑,他就是能够感觉到。他恼火得要命。她俩配合得真不错,他从来没有得到过这样默契的配合。女人在这种事情上全都一样,她们会在平时让你无地自容,在关键时刻让你无路可退。现在他回过头来,把目光转向女服务员,盯着她看。他不知道他怎么会把自己弄成这样,不但一步步失去有利地形,还要遭受两翼夹击。

"她让我,问你。"曾有心说,口气不那么肯定,有点不通畅。

"一般情况下,顾客有自己喜欢的口味,要是没有,那就点膏蟹粥。"女服务员大言不惭地说。

"为什么?"曾有心打了个哆嗦。不是身子,是在心里。他妈的。他在心里骂了一声。如果可能,他希望能把他心里怎么想的说出口。

"如果连膏蟹粥都不合口味,那就不用来粥店了。"

女服务员笑了一下,这次是曾有心亲眼看见的,而且目光温柔,而且笑那一下,带动了她右边脸颊上那个深深的酒窝,这一点萧花花就没有。他能听出来,女服务员的口气变了,之前她的口气完全不带感情色彩,现在她在建议他,或者说,是在怂恿。他皱着眉头,苦恼地想,自从离开母亲自己过日子这些年,他在什么地方听到过这种口气。

但萧花花不让曾有心想,她被服务员的口气和眼神激怒了。

"你为什么不点它?你就点它。"萧花花盯着曾有心,气呼呼说。

"点什么?"曾有心明知故问。他越来越弄不明白,到底发生了什么事情,她俩怎么了,人们怎么了?

"没听她说什么?她说了,点膏蟹,要不我们来粥店干什么?"萧花花脸涨得通红,看上去快要发作了,"我们为什么不点膏蟹?难道她们在骗人,难道她们连这个都没有?"

"海鲜重金属超标几百倍,等于自杀。"曾有心说。他知道这不是理由。他知道她在挑衅,还有她,她俩都是。只是他需要抵抗,不能就这么结束掉。

"那有什么,也许我们出门就会被广告牌砸死。"萧花花咬牙切齿说。

"好吧，好吧，"事情到了这种时候，曾有心只能妥协，不高兴地转向女服务员，气呼呼地说，"我们就让广告牌砸死，我们点膏蟹。"

女服务员满意地瞥了曾有心一眼，离开了。她已经闹够了，已经得逞了，还想怎么样？曾有心知道，这种时候，他不能去想买单时会发生什么样的事情，他必须及时组织下一个防御阵地，在那里拦截住萧花花，阻止住自己的全面溃退。他什么都失去了，还在乎什么？

"花花，你听我说，能不能不那么急，我是说，不要马上就结束掉我们的关系。让我想一段时间，你也想一段时间，我们都想一想，这样对我们双方有好处。"曾有心诚恳地，也可以说是央求地对萧花花说，"我们可以暂时不住在一起。我给你找个地方暂时住一下，那会是一个舒服的地方。"

"我们需要想什么？"萧花花问，抓住要点，不接暂时分开和舒服的地方的话。

"很多事，很多事都要好好想一想。"曾有心说。

"想多久？"萧花花继续问，不打算在这个问题上走开。

"3个月吧，4个月最好。"曾有心说。他本来想说一年，但他看出来，这么说没用，萧花花不会同意，再说他也不会同意，他耗不起一年，这让他感到绝望。

"你在开玩笑。你印象里,有过这样的事情吗?"萧花花看着曾有心,眼神中有一丝嘲笑,就像他是个十足的白痴加无赖。

"没有。"曾有心泄气。问题不在时间长短,而在于他们没什么可想的。他想什么都白搭,而她早就想过了,只是通知他,剩下的,是他接不接受的问题。

"那我凭什么答应?我不打算创造什么奇迹。"萧花花宣布。

女服务员很快过来了。不是她一个人,还带着一只硕大的蟹,用草绳捆着,在网子里气呼呼地吐泡泡。曾有心看了女服务员和那只蟹一眼,有一种腹背受敌,应顾不暇的感受。

"万宁和乐蟹,团脐,母的,肚子里全是膏。"女服务员一点也不体会曾有心的感受,大声介绍新来的伙伴。

"这么大?"曾有心吃惊。

"两斤四两。"女服务员报出数字。

"我们吃不了。"曾有心斩钉截铁地说。

"可以打包,加1块钱打包盒费。"女服务员面无表情。

"海鲜粥第二顿就腥了。"曾有心说。

"那就换只小的。"女服务员表示通融。

"小的多少?"曾有心问。

"一斤多,加一斤虾。"女服务员说。

"等于还是两斤。"曾有心觉得太搞笑了。

"那就这只了。"女服务员一点笑意也没有。

"不是说了吗,吃不了。"曾有心愤怒了。

"到底要不要?挑这么长时间,总得做出决定,你当这是花卉市场?"女服务员也愤怒了。

曾有心不明白出了什么事,她不是那样的人,她心地善良,刚才他就见到,在等萧花花的时候,她在门口和她的乞丐老乡说话,她一团和气,眉眼间全是家乡池塘的倒影。他们站在冬天的阳光下说了很多话,这些他都看到了。

但有什么用,曾有心不是乞丐,他还能养活自己,还在为自尊心挣扎,还想努力学习城市生活技巧,并且最终成为一个符合城市规范的人,他没有资格要求别人的同情。

曾有心点下了那只蟹,团脐雌蟹,万宁和乐蟹,一肚子的膏,外加两个凉菜。他认为不该点,但点了。

萧花花还是走了。她决定不和曾有心吃最后一顿饭。她觉得没那个必要。

"你连一点闯劲都没有,"萧花花站起来,像是馈赠,在走出潮州粥店之前,说出了她的结论,"你就是留着两只肾,又有什么用处呢?"

曾有心绝望地坐在那里,想象在粥店外面,吴继生眼睛一亮，丢下烟头，用脚碾熄，像大猩猩似的吊着胳膊摇晃着迎向萧花花。吴继生什么都不会说，只会用带电的目光鼓励萧花花，她做得对，做得很好，至于调情的事，可以放在以后再说。曾有心早该想到，清盘的话，是吴继生教萧花花说的。

曾有心坐在原处没动，完全傻了。那个时候快到吃饭的点，店里的大厨来了，还有两个伙计，他们和曾有心打招呼。曾有心不想让他们看他的笑话，打起精神，起身给他们递烟。他们哈哈笑着，和曾有心说话。曾有心那个时候脑子很乱，什么也听不进去。

女服务员过来，把大厨和伙计赶走。"你们别烦他，让他安静一会儿。"女服务员说，然后在曾有心面前坐下。

"曾有心，曾有心，到底出了什么事？到底是怎么啦？你还想怎么糟蹋自己？"她说，一副质问的口气。

"别和我说话，我现在不想说。"他说。如果有力气，他会把她赶走。他会告诉她，他想在桌子上趴一会儿，就一会儿。但他现在没力气，他什么都不想做，只想这么待着。

"你想怎么样？你想把自己祸害到什么时候？这是第几个了？你都多大年纪了？"她生气地说，"我俩谈的时候，你说你26岁，有3年了吧，有了吧？"她越来越生气，"你以为你是谁，你怎么可以这样？发生了什么事情，到底发生了什么，你把自己弄得这么糟糕？你怎么是这样的人？"

这回她认真了，圆脸上的酒窝像一只眼睛瞪着他，而且看得出来，有些事情她想不明白。关于他不断经历的这些事情，它们像一团乱蓬蓬的蒿草，让她感到困惑，因为这个，她不打算把他像苍蝇似的赶出去。而他呢，他知道她的话说得没错，他俩谈的时候，他的确对她说过他 26 岁，但那是什么时候的事？就算说了又能怎么样？

她把之前开的菜单纸丢在他面前，这让他有点不相信。之前那几次，他每次带人到粥店来，她都怒气冲天，发狠地照菜单收钱，这次她怎么会饶过他？

"求你了，别再这样，好好地爱一个，和她成家过日子，就是这样，别再混下去了。"她看着他，目光越来越困惑，好像她还在和他说话，但他已经不在这里了。

"我还爱你，行吗？"他目光涣散地看着她。

她笑了一下，立刻止住笑。他知道那是什么意思，她和吴之江，就是粥店里的大厨，他俩结婚证都拿了。他们正在积攒假期，分别去河北和湖南办婚宴和回门宴。他也是说说而已，没有别的意思。

他想告诉她，其实他不是那个意思，他的意思是，也许他还爱她，也许那没用，什么也代表不了，也许他就是这么建立起他和她,和冯娅、毛爱俭、袁秀梅、邹芙蓉、林巧云、曹双琴、萧花花,和所有他曾经有过的女友之间的关系,然后又一个个失去了这种关系,关于这个,连他自己都说不清楚。他唯一能说清楚的是,很多事情,他并不知道它们,他以为自己知道,但其实知道得并不多,最多一半,甚至连一半都没有。问题就在这里,他怎么判断后面的一半是什么?剩下的那一点是什么?他就是在这个时候失去了有利地形,成为一个浑蛋的。

他为这个感到难过,不知道他该同情别人,还是他自己。

他很难过,真的难过,她们现在一点感情都不讲了。

2013 年 2 月 28 日

于深圳梅林数叶轩

停 下 来 是 件
不 容 易 的 事

一

朱炎炎把她的迷你QQ开出新洲路口的时候，在并道线上差点擦上一辆黑色奔驰S400。一只翅膀上闪着金属光泽的栗喉蜂虎鸟一路追踪她，在迷你QQ急速刹车时，鸟儿从车顶上一掠而过，消失在植物带中。奔驰车的制动性能好极了，车主隔着车窗冲朱炎炎笑了一下，扬手示意她先过。朱炎炎小心地打了一下方向盘，把QQ驶入拐弯道，有些为刚才的鲁莽抱歉，同时回忆起奔驰车主的模样——西装挺括，粗眉干净，笑意让人感到温暖，是个挺有型的中年人。这样回忆过，朱炎炎的紧张缓解了许多，想起她此行的目的。

昨天，也就是星期五早上八点半，程序员朱炎炎和大家一样，在自己的工作台前收拾昨天离开时留下的文件。高级程序员老K——同事们都叫他天才老K——小心翼翼地站上他的工作台，用夸张的动作抬起手腕上的表，示意大家停下手头的工作，然后说出下面一段话：

"诸位，保护好你们的小心脏，烟火将要升起，恶魔即将现身。"

如果不是担心占用时间，天才老K会称呼众人为"科技鼹鼠"，如果肺活量足够，他会在上述称呼前，加上"在阿里巴巴藏宝洞里苦逼摸黑为人类寻找财富和成功乐趣的"这样长到绝望的前缀。

人们把耳机卸在一旁，任鼠标阴险地闪烁着独眼，默默坐在工作桌前，等待个人 PC 发出悦耳的信息提示音。人们在心里祈祷，项目经理千万不要这个时候闯进来，家人和朋友千万不要这个时候发来微信或者打来电话。因为赶工连着熬了四个昼夜，朱炎炎的组员，系统分析员小 U 实在忍不住犯困，踮着脚尖奔向茶水间接咖啡，再飞奔回自己的工作台，沿途抱歉地向众人示意，他不该制造出让大家完全不能接受的噪音。要知道，人们这样做并不容易，他们是人类正在通往的那个莫测世界的译者，现在他们把人类的进化停下来，等待那声让人揪心的信息提示音。

朱炎炎是一家软件公司的员工，在深圳，这样的公司多如牛毛，如果你有机会在南山或者福田密密麻麻的科技园里转一转，你会看到无数和朱炎炎一样的非人类。说非人类，可能人们觉得不礼貌，但事实就是如此。朱炎炎和同事的工作，正是与电脑进行匹配、杂交和同化，把人类难以节制的诉求转化成 Java 或者 Visual Basic 语言，发往连他们自己都未必知道的神秘国度，再把勘探和回传的结果转达给人类，如此，他们被人们叫作鼹鼠或者矿工。

对鼹鼠这个说法，大多数软件公司的员工没有什么异议。"别把我当人，"他们说，"你见过没有脑子的人吗？我的脑子被电脑吃掉了。"

但他们此刻期待的那声信息提示音，却在上述自黑之外，那声理应准时出现的提示音，与他们的一位同事有关。嗯，应该说是曾经的同事，他叫王小建。

在软件公司里，王小建是个另类。他原来是一名初级程序员，在朱炎炎手下工作，负责朱炎炎这个组的软件设计、编码和测试工作。因为长了一张花样美男的脸，公司把他调去推广部做了皮条客，负责用户培训和产品推广。

朱炎炎认为，仅仅用花样美男形容王小建是不公平的，他简直就是一个潘安版加纳喀索斯版的妖孽。他不光有一副让人出现呼吸障碍的美貌，还是一个健身器制造出的拥有魔鬼身材的氧气男，活着就是害人。

可是，要知道，在集体呆萌的鼹鼠当中，压根儿就不出产王小建这样的品种：公司的工作没有时间概念，一旦遇上赶项目，那就得没日没夜地干；有时候，人们不得不把屎尿憋住，一天去一趟洗手间，只当那样做有提臀效果。外卖根本不用问吃什么，餐盒准点送到，很少人往嘴里塞食物的时候停下键盘。困了放下工作椅和衣打个盹，起来接着干。甚至有人在公司里连续攻关40多天，连大楼都没下过，进来时穿着七分裤，出门时季节已经到了秋天，寒风一吹患上感冒，得打好几天吊针。但是，那几个哥们儿根本不应该感冒，因为高效有序的唯一标准就是格式化，生病这种非电脑现象在软件公司中绝对不可以出现。在这种高压节奏下，人们根本没有时间和精力打理个人仪容，个个懒修边幅，油腻腻的眼镜挂在鼻尖上。男性不用提了，连朱炎炎这种女性都大把大把地掉头发，有的年轻女员工甚至开始谢顶，和春天到来前的老鼹鼠没有什么两样，这样的公司，去哪儿找王小建这种人？

不管人们怎么想，王小建的确是一个品相上乘的青年，他就是菲茨杰拉德说的，"年少得志的人相信，他的愿望之所以能够实现，是拜头上幸运之星所赐"那种人。

王小建的魅力人神共知，他不光能在市场推广上为公司攻城拔寨，赢得数量不俗的订单，在个人感情上，他也所向披靡，指指见花。

和别的理科生不同，王小建有天才般的审美能力，由此轻易地赢得一颗颗随风飘荡的芳心。用不着神器帮忙，他能在一眨眼的工夫里看出他面前的女性与众不同的美，然后由衷地赞美和欣赏她们，让那些脑壳空空的小鸟儿无法拒绝他的审美魅力，一只只迅速坠入情网，难以自拔。但是，王小建并非采花大盗，他不光追求美，同时还追求完美，只要他认为美好的感情消失掉，或者出现变质的情况，他就会毫不犹豫地转身离开；他就像最出色的软件工程师，不断质疑曾经的审美源码，通过一次次方案更新，匹配出新的程序，重构和完善全新的审美代码。这种神一般的超拔能力，让人嫉妒到恨。

不得不说，王小建的审美标准刺伤了很多人，也让一些人蔑视，朱炎炎就属于蔑视王小建傲慢择偶标准人们当中的一个。

王小建刚到公司那会儿，什么都不懂，朱炎炎带了他三个月，手把手地教他，也就是在那段时间，朱炎炎暗恋上了王小建。不过，朱炎炎并没有向自己的徒弟示爱，而是和他保持着一种纯粹的工作关系，三个月时间里，两个人工作之外的话不到一集韩剧片花的台词。一开始，朱炎炎对男色有所警惕，她觉得自己和王小建不是一类生物，两个人是 Java 语言和 Python 语言的关系，隔着老远，写起来超不爽。后来她承认，她下意识的防范是她自己心理阴暗，她没有说出她戒备王小建的真正原因，那是因为，她属于他有审美识别障碍的那些女人中的一个，她痛恨这种事。

朱炎炎弄不懂，为什么王小建每次都能快速从他见到的女孩身上看出美，而她对那些美就视而不见。事实证明，朱炎炎的审美标准没有问题，而是王小建的程序出了错，因为要不了多久，王小建很快就会从那些刚刚好上的女孩身上看出与美完全不协调的地方。他就像一个从来没有恋爱过的菜鸟，在进入爱情的菜园子时充满喜悦,离开时满怀伤感,同时显得那么的无辜。

至于朱炎炎自己,她觉得并没有那么糟糕。不错,她不是美人坯子,也没有经济能力去韩国重新换人,但她有一口好牙,胸脯长得也不错,这都是优点,王小建完全应该对她形成基本的审美关注。

有一次,朱炎炎忍不住对王小建表示,他不应该忽略审美的丰富性,亦即精神部分。为此,她向他举了相貌不出众的女孩的若干好处:她们会无限度地提高男友的自信心,男友也不必整天荷尔蒙高涨地亲吻她们,这样就能节约下很多富含蛋白质的宝贵唾液;当她们心怀鬼胎打别的帅哥主意的时候,男友可以放心大胆地玩桌游,而她们什么作为也不会有;她们在外人面前骂粗话的时候,男友也不必脸红,做下什么出格的事情也同样,因为没人会拿她们当回事;如果高兴了,男友可以把她们打扮成男孩,这样就随时可以和"他"玩好基友的游戏。总之,在朱炎炎看来,她就是众多的"她们"当中的一个合适人选,王小建应该注意到她。

在朱炎炎结结巴巴表白的时候,王小建显得有点拘束,但足够有耐心,然后他把她手足无措掉在地上的文件拾起来替她在手弯里放好,难过地说:

"你愿意听我说真话吗?"

朱炎炎突然有一种奇迹发生的灵感,她压抑住内心的激动,用力点头。

朱炎炎觉得奇迹会发生，源自她对自己工作的反省。她私下八过，公司里的未婚女，只要是程序员，超九成没有固定床伴，她们根本没有时间养床伴，养了也Hold不住。朱炎炎自己就是例子。这个星期一过，她就积攒下11个月的性事缺失史了。上一次经历，是在电话里和远在南宁的妈妈吵了架。妈妈质问朱炎炎，她要把自己老成什么样的丝瓜精才肯嫁出去，她就不能把自己收拾得像个女人，使点手段讹上一个男人？为泄愤，朱炎炎在网上约了人，没想到对方是个叽叽歪歪的贱男，半夜离开时，竟然厚着脸皮向她索要手机号。这件事让朱炎炎恶心了好几天，以后决定，就算猴急了，也只拜托自慰器，不然就去凶杀一个患有抑郁症死也不想说话的午夜牛郎。

现在，朱炎炎相信，王小建要告诉自己的就是这个，看看IT业，哪个程序员脸上有一丝人气？这个结果完全在于鼹鼠们的矿下作业，干程序的家伙们没法在一起，在一起就是找死乘以二。如果这样，她立刻就辞去工作，当天上井，并且马上和他睡，从今往后过上幸福生活。

"我已经受够漫长的儿童期成长了，"王小建不看朱炎炎，含羞草似的垂下长长的睫毛，"我恨死了我妈，不需要再来一个老女人帮助我二度成人，除非有人向我保证，她是一个逆生长的人类，而且我不需要忍受很长的时间。"

朱炎炎在那儿站了很长一段时间,才明白过来王小建说的是什么。王小建交往的女孩都很年轻。他不光对相貌平平的女生有识别障碍,对22岁以上的女生也有识别障碍。不管她们漂亮与否、性格怎么样、有没有男朋友或者先生,凡是年龄超过22岁,他就礼貌有加,并且止于礼貌有加。他这样的风度,让人觉得他是一个多么有修养的青年啊。

朱炎炎去年就满23岁了,毫无疑问,在王小建赤裸裸的22岁歧视标准面前,她已经被排除在外了。那一刻,朱炎炎恨不能找个地缝把自己塞进去。

朱炎炎最痛恨的事情就是这样,她每次恨过自己之后,很快就会忘记为什么恨自己,结果就是重蹈覆辙,在人生的道路上犯下同样的错误,这样就不得不又恨一次自己,就像来大姨妈似的,止都止不住。

朱炎炎从此闭嘴,不再和王小建谈论审美标准的事,并且对王小建充满了怨怼。

二

迷你QQ在新洲路拐上红荔路,经过刚刚拆掉的中心区足球场,一过路口,黄浦雅园就出现在眼前。

朱炎炎事先打听过地址,她不知道接下来会发生什么,她犹豫不决,拿不准是把车停在地下车库里,还是停在地面上——如果事态变得麻烦,甚至酿成血案,她能够快速离开现场,再考虑接下来投案的事情。

一切事情都是王小建惹出来的。

现在要说到故事开头那声悦耳的提示音与王小建的关系了。

王小建在事业和感情上拥有超能力,公司里的大部分人都特别理解,他的确是这个世界上所剩不多的优质男样本。考虑到他刚刚步入黄金剩男行列,在这方面不乏合理需求,也不缺少对象和乐趣,人们只能静观其趣。

但是,十个月前,事情出现了转机,王小建被他转身离开的一个女孩讹上了。

女孩——考虑到隐私原因,故事用"她"这个称谓代替主人公的名字——是王小建众多情感经历者之一,年龄符合王小建的必杀标准,和王小建的交往是初恋。由于大家都知道的原因,他俩的关系在交往两个月之后无疾而终。两人分手后,王小建很快换了新的审美对象,而"她"却一直走不出来,对王小建死缠烂打。"她"使用的方式是连续不断对王小建进行骚扰。一般来说,该程序的病毒是在半夜发作,分为三段式:序列一,给王小建打电话,在电话里把他狂骂一通,结束语言是要他去死。序列二,立刻恢复平静,忐忑地向王建认错，承认自己失态，请求他的原谅。序列三，瞬间再度发作，这一次，程序级别由汇编语言提高到高级语言，攻击性成倍增长，非常强悍，立致王小建精神崩溃。

公司里的人一开始不知道这件事，直到开春后，"她"升级病毒程序，不但歇斯底里地给王小建打咒骂电话，还给他的家人、朋友和公司里的人发短信、写邮件，揭发和批判王小建的不齿行为。人们不知道"她"从哪儿弄到了他们的IP地址，但这不是什么难事，软件公司拥有此种技能的人不在少数；而且大家都觉得，事情错在王小建，就算始乱终弃不再是社会公序良俗的标准，你也不能对所经之地任意践踏，严重破坏当地的水土环境。大家都觉得，女孩挺可怜，惹谁不好，偏偏要惹花样美男——谁都知道，恶伤易愈，要是被美伤害了，这一生就算交待了。

头几天，"她"群发到公司的邮件就像矿井中出现的瓦斯，"她"和王小建的不堪情史成了公司的头条新闻。大家显得很兴奋，一见面就聊这事，午休吃盒饭的时候，总有人讲关联段子；公司群中也有好事者上传典型案例，分析女生在捍卫情感尊严的时候会将地缘战争打到哪一步，一般采用什么打法，暗示事态严重到可能引发的国际争端后果。

事情刚发生时，朱炎炎是幸灾乐祸人们中的一个。

"她"的短信让她高兴。她在心里说过好几次"活该"的话。王小建以为22岁以下的女孩子就不会魔障,他完全错了。

但是,没过多久,朱炎炎很快就改变了先前的态度。虽然她是蔑视王小建年龄歧视症的人们中最坚定的一个,但她知道,她的蔑视一点作用也没有,不要说王小建并不打算和她好,就算他一失足做了她的男友,她铁定也会是另外一个"她"。朱炎炎只是特别担心王小建,她觉得被如此强悍的强迫症患者缠上,他总有一天会垮掉。相比眼睁睁看着他变成一个让人唾弃的渣男,她更乐于看到茫茫大海中最终决出冠军的那个女生是谁,而不是看着他毁掉。

在收到"她"发往公司群中邮件的第三天,朱炎炎隔着预制板给楼下的王小建发微信,把自己的担心告诉他。很快,王小建回了信,屏幕上出现短短19个字,加上3个标点符号,顶着那张害死人的花样美男脸,那张脸浮现着由衷的微笑:

> 我辈生如草芥,死如灰尘,被人记住的感觉很好。

想想朱炎炎当时的感受,要不是懒得从工作椅上站起来,拉开一道办公室的门出去,再拉开一道办公室的门进去，她恨不能冲下楼去狠狠扇那个家伙一记耳光。

朱炎炎没有动手，不过，半个月后，"她"替朱炎炎报了仇，让王小建彻底改变了他的说法。

那半个月，公司的人遭到有史以来最强烈的信息攻击，"她"就像在人们的个人终端上链接了一套优质的程序，时间一到，恶语就会通过时光机发送到所有人手中。朱炎炎承认，她对"她"最开始那些信息充满了兴趣，想要知道王小建和"她"之间究竟发生了什么。但很快，她被那些信息的内容惹怒了，想杀了"她"。紧接着，她陷入一种中了毒的症状——她特别想知道更多的黑幕，那种有实际内容的，人与人之间最丑恶的黑幕，而不仅仅是恶毒的咒骂。但"她"除了咒骂，一点儿这方面的内容也没透露。当"她"的第三十条信息跳入朱炎炎个人终端的对话框时，朱炎炎改变了想法。她不想把自己搅进一桩毫无意义的事件当中去，并且为此而生气。她不是花样美男的菜，干吗要替别人的生活抹自己的眼泪？

朱炎炎斟字酌句，给"她"回了一封客客气气的邮件，请"她"别再打扰她，她对"她"和王小建的事情没有任何兴趣，也不打算加"她"为好友，如果要她建议点什么，"她"应该把"她"富有语言爆发力的网文上传到网站上去，说不定能意外赢得某个粉丝的百万打赏，财富由此破闸而来。朱炎炎发出了那封邮件，但

"她"根本不理睬朱炎炎的邮件,继续给她发送信息,好像她这个人根本不存在,只是"她"群发目标中一个可以被忽略的地址。

朱炎炎坐在工作台前悲凉地想,这就是她参与创造的新世界,在这个世界中,人们日新月异,却不再是一个个活生生的人,而是成了连交流的程序都被剥夺掉的地址。

那天一上班,小U就向众人发布内部消息,"斑点狗"——公司里的人私下给市场部经理起的绰号——被公司一哥叫到楼上去骂了一通,连刚镶的烤瓷牙都骂掉了,下楼就请王小建去他办公室喝茶。

朱炎炎倦意连连,那天她不断离开工作间,跑去茶水间里躲着抽烟。她靠在咖啡机上,隔着上下水管道,她听见楼下营销部经理室里传出拍桌子的声音,心里为王小建充满了悲哀。

下班以后,朱炎炎早早守候在电梯间,在那里堵住了王小建。她要他承认,他没听她的劝告是巨大的错误。王小建沮丧地向朱炎炎承认,他玩得太嗨了,忘记了人心险恶这条至理名言。朱炎炎敏感地问他和女疯子玩什么了,是SM还是角色扮演。他神经质地哈哈大笑,手中的"脉动"滑落到地上,然后他黑下脸冲朱炎炎咆哮:

"能不能把你脑子里的零件收拾好再出门?真是烦

人,恨不能把你从窗户丢出去,不然你把我丢出去?"

王小建冲朱炎炎吼过之后就冲进电梯。朱炎炎没跟进去,脸红一阵白一阵。

"你想怎么劝他?"天才老K从工作间里出来,他停下往耳朵眼里塞蓝牙,看了朱炎炎一眼,"我们都知道,你用心良苦,如果你的每句话值一块钱,你现在早该是千万富翁了。"

"你凭什么这么说他?"朱炎炎突然涌出一股怒火,冲老K喊叫,"没错,也许你从来没有犯过法,你可以证明你的公民记录是干净的,但你不能证明你没有犯过罪,没有偷税或试图偷税、破坏或浪费过公司的办公用品、对太太不忠、一边想象心仪的异性一边猥亵私处,我肯定老天没有在你兜里装上清白记录!"

来往的同事们纷纷向他俩这边看,这让朱炎炎更加愤怒。老K却一点也不动怒,很平静。"你凭什么做出这样的判断?凭你的职业?"他好脾气地说,"你什么时候,想一想,什么时候曾经凭着良心做出过任何准确判断?10岁的时候?12岁的时候?或者在梦里?够了,你的判断一钱不值,事情就是这样。"

老K说完那番话,同情地拍拍朱炎炎的肩膀,鼓励她挺住,然后进了电梯,把朱炎炎撂在那儿。

朱炎炎站在电梯间里,特别痛恨自己,她在心里对自己说,为什么要做贱嘴女孩?丫能不能闭嘴,唯有闭嘴解千愁。但同时，她也在心里替王小建正名。王小建的确下贱到任风摧残，自甘做下水道旁的残花败柳，可他从来不操作多线程任务，他只是在高密度试错，只是始终找不到正确的方案，无法建立起适用的程序。他这种情况，最多只是个菜鸟级程序员演绎出的糗事罢了，没什么了不起的。

一想到事情闹成这样，自己还能和王小建尽释前嫌，朱炎炎就没来由地笑了。她觉得自己其实挺不简单的。

那天晚上，朱炎炎回到自己租住的公寓，给龙猫换了沙，喂了食，换上一套宽松的家居服，照着美食网上的菜谱为自己做了一份香蕉饼。她把香蕉碎放进蛋液筒里搅拌，在饼铛里放入少量亚麻油，一边想，没有人是完美的，甚至没有人是完整的。但凡是人，源代码都有漏洞，敏感、脆弱、在意身边人的感受、含蓄却容易内伤，这些正是真实的人生，显然不符合程序设计的要求；但人们的兴趣不应该建立在利用程序分析、反编译和跟踪测试来对他人形成人性漏洞的捕捉和控制上，更进一步，针对他人漏洞编写出获取他人生命系统控制权的攻击程序，成为那些系统的职业访问者或者窃贼。想一想，人们拿出一半的生命去窥探他人的生命，设计和控制他人的人生，剩下的时间，再分出一半来证明那些设计有多么的糟糕，这种日子完全不值得过，那以后，就是在太阳升起和坠落之间不断地收拾一连串烂摊子,这就是程序给人们带来的好处。

朱炎炎靠在开放式灶台上,倒着手吹热气腾腾的香蕉饼,把它们撕成一小块一小块,美滋滋塞进嘴里,同时决定,第二天上班的时候,她会主动去找老K,为今天的粗鲁道歉,同时把自己的这番感受告诉他,看他会有什么反应。

三

接下来,日子继续,公司像忙碌着的矿井,每天驱赶着鼹鼠似的科技矿工们上上下下。可事情并没有结束,王子建情史导致的事件在继续发酵,"她"的骚扰信息仍然不断,"她"就像一个情绪失控的PHP攻城师,以每天批发 $12 \times X$ 封邮件的速度骚扰人们。邮件总是在上班后半小时内抵达人们的个人终端,时间不会差出十分钟。

天才老K用ORACLE数据做了分析,确定在此之前,"她"会做如下事情:积郁、发作、道歉、再发作、写程序。根据老K的分析,"她"的工作时间正好是子夜到凌晨,然后在人们上班的时候,"她"把经过通宵折腾并且最终写成的邮件上传。

小U不同意老K的分析。小U认为,"她"是一个老手，了解王小建的职业特点，并且编写了一套针对王小建职业漏洞的解决方案。"她"知道公司的终端在上午九点到九点半之间最清闲，形成开窗期，指令运行和任务接收都是畅通的，这个时候发动攻击效果最显著。

"'她'完全把我们当成了'她'拓展报复产品的市场，'她'真是一个不错的市场营销员，在这一点，王小建不如'她'。"小U幽幽地说。

朱炎炎不喜欢人们这样分析这件事。公司的骨干主要是老K小U这种人，因为长期不见天日，遭受辐射，这些邋里邋遢的中年男性一个个面色灰暗，牙齿稀松。他们寄希望于常规程序的打破，比如，老想着在情感上出点小状况；可是，真到火点燃了，他们又不敢玩了，只能和心理年龄停留在15岁左右的中年妇女拌拌嘴。

朱炎炎能肯定，"她"已经成为公司里的人集体的敌人，或者说，集体的情人。不止一个人偷偷设计了程序，潜入过"她"的系统，用各种秘籍程序跟踪"她"的系统，甚至偷窃了"她"为数不详的个人信息。

朱炎炎非常担心自己也那么干。有那么几天，她有一种隐约的不安，怀疑"她"不是别人，"她"就是她，是分裂中的自己。第一次有这个念头的时候，她躲在茶水间抽烟，烟刚点上，她被自己的念头吓住了，以至于烟熄灭了她都不知道。回到工作台后，她敏感地四周观察，想知道其他人是否注意到了她，他们是否知道她就是"她"。她告诉自己,这只是一种幻象,"她"不是她,不是她朱炎炎;而且,她决不回到源代码,决不成为偷窥和盗窃者,她要这么做了,等于向糟糕的自己投降。

但是,那个越来越强大的"她"不由分说地进入了她的生活,让她神智错乱,快速崩溃。她果断地将"她"拉黑。她猜公司里不止她一个人这样做,至少,他们想要这么做。

那天中午吃饭的时候,朱炎炎装作不经意地提到这件事。她问几个同事,是否有人屏蔽了"她"。令朱炎炎意外的是,除了她之外,公司里没有一个人这么干。

"为什么,"小U把油淋鸡饭往嘴里塞着,"这人的确让人烦,可也不至于拉黑呀。"

"不是烦'她'吗?"朱炎炎说。

"不就是看戏吗?看看有什么新进展,反正'她'又不会爬过来咬人。"小U停下咀嚼看她。其他人也看她,好像看一个不懂程序游戏的菜鸟。

朱炎炎想了整整一下午,在拉黑"她"7个小时之后,她又加了"她"。

没错,自从在王子建那里讨了个没趣之后,她就丧失了激情,她需要差异化启动,而且,她不得不承认,"她"的邮件太煽情了。

朱炎炎在重新加上"她"时,给"她"发了第二条邮件。她希望"她"闭嘴,不要再骚扰他人。为此她用了一些内藏钝刀的语言。

"你的语气就像作家，要是不用那么多修辞，你真的会窒息吗？"她在邮件里写道，"看来你不是一个好作家，不然你该知道，长久的爱情，那只是一种幼稚的故事类型，现在没人爱看这种故事了。"

她试图刺激"她"，把"她"的注意力吸引到自己身上，她俩来捉对厮杀。她知道"她"的程序已经启动了，不会停下来，"她"还会继续，换了她，她也会这样做，但她至少可以分散"她"的注意力，保护一些人，或者说，保护某一个人，比如王小建。

但是，和上次一样，"她"没有回复，这个结果让朱炎炎十分失望。

没有人知道王小建是怎么去修缮与"她"的关系，他是否想过应该做出一些感情或者经济赔偿，而"她"对他的制裁何时才会结束，很显然，在旷日持久的剿杀战中，人们看不到这个征兆。正如"看用定律"所指证的那样，所有的花样美男都是银样镴枪头，扛不住折腾，辣手摧花之下，必然快速颓败，王小建亦如此，他早已败得惨不忍睹。有好几次，朱炎炎在公司里遇见他，他路过那儿或者站在那儿，像是想不起来自己要去哪儿，他那双曾经明湛得让人怜惜的眼睛，已经看不出丝毫的活力。朱炎炎大概能够肯定，他还有生命活动的迹象，但她已经不忍心走过去，再和他说上任何一句话了。

王小建辞职的消息是小U告诉大家的。公司一哥的加密终端终于被"她"攻破了,在数番骚扰之后,一哥不堪其烦,让公司律师给"她"发去律师函。"她"的回复邮件非常快:"有本事你们一起上,来一个我笑一个。"一哥不得已,只能搬出《劳动法》和《合同法》来说话,让王小建在离职书上签字走人。

朱炎炎那天没有去送王小建。她本来有这个机会,天才老K从楼下取一份淘宝邮件回来,绕道停在朱炎炎的工作台前。

"今天好像大家都不认识他,管他叫'那个人',但我猜,你想去送送他。"老K平静地看着她说,"不管怎么说,我们的程序不是自己安装的,谁都有漏洞,他因为没有执行有效的检测导致溢出错误,执行了攻击者的命令,造成程序崩溃,那不是他的错。"

朱炎炎看着老K离开自己的工作台,走回自己的工作台,低下头继续写完最后一段程序,然后她起身离开了工作间。

朱炎炎没去电梯间。她站在楼道的落地窗前,看着王小建走出大楼,在偌大的广场上站了一会儿,像是在回忆什么,或者在和自己的影子告别,然后他跟着人流去了地铁站。

王小建离开公司后,"她"的骚扰并没有停止。"她"

不相信王小建已经离开了公司。一哥通过公司官网请"她"大驾光临本公司视察工作，同时保证调出人力资源部所有的人事档案请"她"过目。"她"拒绝了一哥的邀请，每天程序不改，在上午九点到九点半给公司群发邮件，继续对公司的数百台终端进行狂轰滥炸。

老K和小U不再争论，他们在一件事情上达成了一致。什么是一个程序员的终极使命？那就是强烈的好奇心，至于程序员的武器，唯有学习精神，它是程序员们永攀高峰的动力。所以，当某个程序满足于如下条件——内容暴力、充满危险、让人五心不定、它的全部系统都开放着，这就要了鼹鼠们的命。老K和小U认为，"她"不但掌握了优秀程序员所有的条件，而且使用了阴险的信息叠加策略。这是一种超恶心的暴力程序，你也可以说它是一个野心勃勃的程序，正是使用了这一手，"她"让自己做了整个事件的中心，她那样做的目的只有一个，让人们记住"她"的存在。

公司里有几个奶爸，以天才老K为首，他们都在了不起的马年当上了爸爸。过去上班后，奶爸们的第一件事就是交流昨天晚上宝贝们排泄物的颜色，或者他们令人惊叹的三维翻转。自从"她"出现后，奶爸们的话题完全变了。他们现在只关心"她"给他们带来的兴奋，因为每天晚上他们都要起床哄孩子，幸亏有"她"半夜发来的邮件陪伴，否则他们怎么度过漫漫长夜？

有一天，老K找到朱炎炎，羞涩地告诉她，因为一段隐私导致的家庭矛盾，他老婆不放心，强迫他换掉了手机号码和个人终端地址，以至于他有好几天没有收到"她"的邮件了，他总感觉少了点什么，一直惦记着。老K要朱炎炎把他的新号转发给"她"，不然他没法收到"她"的消息。

"请'她'继续骚扰你？"朱炎炎知道自己有点刻薄，但就是忍不住。

"女人的嫉妒狠到什么程度，龌龊到什么程度，只需拿吕后来说。"老K看了一会儿朱炎炎，好脾气地说，"高祖方才断气，她就把老爷子的爱姬戚夫人断了四肢，剜眼，去舌，煇耳，灌下喑药，抬进厕所，史称人彘。"他敏感地看了显示器一眼，不由分说把朱炎炎挤开，快速在键盘上打下一串数字，替她将桌面上一份文件的弱口令改掉，然后松了一口气，目光重新回到她脸上。"至于那些对花粉情有独钟的蜜蜂，"他说，"你不骚扰它们，它们只会对你动听地嗡嗡歌唱，不会蜇你。"

朱炎炎没有再说一个字，把老K的新号发给了"她"。

羊年春节，公司放假7天，人去楼空，但"她"的邮件仍然追踪着人们前往湖南、安徽、四川、山东和甘肃，以致大伙儿谁都没过好年。一哥在大年初二和几个董事开了整整一天电话会，在放弃黑客反击的非理性设想后，决定年一过就去警局报警，拜托纳税人养活的政府来替公司降妖驱魔。

没想到，年过完，公司上班，一哥刚刚给大伙儿发过开工利是，事情就发生了转机。公司里的人同时收到一封内容相同的邮件，那是一封求职信，"她"发来的，请众人帮助"她"进入公司工作。求职者慎重声明，"她"对别的工作岗位不感兴趣，只应聘王小建同一职位。邮件原话如下：恶狗能做的工作我也能做，希望诸位支持我。

判断一哥将如何面对这件棘手的事，成为公司里的人议论的焦点。人们猜测一哥会不会同意录用"她"，让"她"成为公司新晋的员工。有人愤愤不平地提到，"她"的群发邮件并非完全文本，人力资源部获得的求职信上附有个人照片，这个待遇没有人人共享，可见"她"的群发目的只是为博取点赞，"她"很清楚，谁才能让自己进入公司。

朱炎炎手里干着活，耳朵支棱着，捕捉着众人嘴里的每一个字，尤其在老K去外面转了一圈，神秘兮兮地回到工作间，向众人宣布他看到了求职者的照片时。

"一副普通到不能再普通的长相，"老K说，"说不上好看，也说不上难看，总之，就像我们在地铁中遇到的任何一个人。"

"伊是美国哥伦比亚国际关系学院毕业生，"小U从电脑前抬起头，从双光镜中尖锐地看老K，"我进教育部官网扒了,还真有那所大学,不是野鸡。"

"想知道一哥现在的处境吗?"老K不和小U纠缠,向众人宣布他猎取的第二个秘密,"老大怒气冲天,在'她',"他回头问小U,"你刚才叫'她'什么?"

"伊。"

"对,"老K回头继续对众人宣布,"老大在伊的求职信上批了7个中文字,外加两个标点符号。"

"什么?"众人伸长脖子。

"来吧,要命有一条!"

朱炎炎突然觉得被人愚弄了,非常愤怒。她知道一件事,不是她一个人接受了"她"的挑战,是所有人。但是,"她"至少应该是个貌若天仙的人儿,而不该这样,在制造了那么多的程序逻辑之后,却长得像地铁中的任何一个人,普通得不能再普通,哄骗了所有程序游戏中的人。

现在朱炎炎知道自己该做什么了,人们都接受了"她"的挑战,可没有任何人想过反测试,向"她"挑战,既然如此,这件事就应该有个了结了。

四

周末下班后,朱炎炎回到公寓,为龙猫换了新沙,给有点闹小脾气的它喂了一些蔬菜叶,然后打开电脑,对个人信息做了仔细的处理。在开放式灶台边，她耽搁了一段时间，有点犹豫不决，不知道"双立人"面包刀还有"十八子作"剔骨刀，哪一种使用起来更趁手。在为自己做了一份简单的蔬菜沙拉，吃过晚餐后，她在电脑上静静地看完了本·阿弗莱克和罗莎曼德·派克主演的《消失的爱人》，然后仔仔细细冲了凉，上床睡了。那天晚上，她睡得很安静。

现在，故事回到开头部分。在软件公司的人第一次收到"她"群发邮件后的第112天，那天早上，朱炎炎没有按照公司的规定去公司加班，她把自己开了三年的迷你QQ开出地库，驶上北环大道。在北环大道新洲路并道口，她差点儿擦上一辆黑色的奔驰S400，幸亏奔驰车制动性能好，避免了一次小小的事故，模样有型的中年车主的微笑使她紧张的情绪有所缓解，这使得故事可以继续下去。

故事的结局设置如下：朱炎炎不想使用远程溢出程序获得"她"的SHELL，那样不算真正的挑战。她需要一个面对面的命令执行环境，她想亲眼看看那个贱人到底是何方下界神人；如果可能，她会说服"她"重写一个新的代码，在新代码上加载一组积极的数据，为"她"自己初始化一个全新的开始。也许在做这一切事情的时候，她可以做"她"的引导程序，哪怕为此不得不使用暴力。如果这一切做不到，她就杀了"她"。

朱炎炎在黄浦雅苑门口取了通行卡,把迷你QQ车停在地面上,然后带着装有"十八子作"剔骨刀的手包下了车。她认为自己不会停留很长时间,也许她们之间只需要十分钟,也许连这点时间都不需要。

按照公司人力资源部那份求职信中留下的地址,朱炎炎摁响了门铃。

出来开门的是一位不到20岁的烟熏妆女孩,她问朱炎炎,是不是约了上午10点钟那一单游戏的客人。朱炎炎没有明白女孩在说什么,她被眼前看到的情景困惑住了。

四居室的套间,客厅一角布置成接待前台,房间的大部分地方被刺眼而魅惑的三维光影充斥着,屋顶上是蓝色的光线星空。有一刻,朱炎炎被弄糊涂了,不明白自己这是到了哪里。她依稀有一星印象,自己在什么地方看到过这种奇妙光源组成的场景。

"你找谁?"烟熏妆女孩看出了朱炎炎的疑惑。

她说了她找谁。

"这里没有这个人,你找错地方了。"女孩说。

"不可能,'她'就住这儿。"朱炎炎笃定地说。

"除非你要找的人改了姓名,或者她今天早上才出生,不然我都认识。"女孩比她更笃定,"不过,你没白跑,如果想玩一下,有一间密室晚上9点钟之前空着,我可以安排给你。"女孩冲朱炎炎扮了个鬼脸,突然换了一种冷冰冰的电脑合成声:"对不起,你的速度超过了宇宙极限,12小时后时光将会倒流,亲爱的,好好享受你最后的12小时吧。"

朱炎炎不知道对方在说什么,有点毛骨悚然。她很快想起,眼前的那一道道光影怪物,她是在什么地方看到过,那是霍金虫洞模型的复制品,它们由各种光源组成,用光线的差比模仿重叠时光,以此表示湮灭现象。她一下子明白了,她站在一个TAKAGISM密室的逃脱现场。

"你确定这个地址真的没有这个人?"朱炎炎把手机中的那个IP地址出示给烟熏妆女孩,盯着她的眼睛,接下来,她知道烟熏妆女孩的确没有撒谎。

这套住宅属于一对移民加拿大十多年的夫妻,8年前就出租给了人,用作经营密室逃脱俱乐部已经满4年了。这套房间里的确有一台老式的泊顿牌笔记本电脑,用来客登记和游戏程序操作,电脑的IP地址正是"她"所使用过,同时发出过无数邮件的那一个。但是,烟熏妆女孩告诉朱炎炎,这台电脑的操作员有两个,她和另一个女孩,两个人轮流值班,用这台电脑处理业务,如果不算上午9点钟至凌晨4点这段时间里客人游戏的程序操作,电脑基本没有人碰。

是的,女孩说,这里从来没有"她"这么一个人,你说的这个人,"她"根本不存在。

朱炎炎呆在那里,不知道自己身在何处。接下来的时间,她稀里糊涂交了90块钱,按照女孩的指导脱下外套,换上了一套防辐射服,懵懵懂懂地听女孩非常认真地给她讲一些微波背景的知识,以及如何防止X射线和伽马射线烤焦的措施。当她在女孩的帮助下收拾好自己,沿着一道道魅惑的光影隧道走进一间密室的时候,她看到了一个蓝色的透明蠹孔。她耳边依稀听见女孩告诉她,她将离开平行宇宙,进入时间旅行,前往婴儿宇宙,但她必须依靠自己的判断进行操纵,确保不让虫洞关闭,以至于她不会永远消失在折叠的时间中。

现在,朱炎炎走到了故事的尽头,在她机械地沿着光影通道走向圆号形状的喇叭口,被埋伏在那里的暗物质吞没前的最后一刻,她的脑子里掠过如下念头:

> 所有通道中的遭遇都是危险的,正如走近任何一个生命都是危险的一样,那些生命是安静的,不为人所识,你永远也别想捉住它们;或者相反,它们是躁狂的,你走近它们,但它们已经不在那儿了,它们在别的地方,你不知道的地方,仍然不为人所知。

2015年1月15日
于深圳梅林数叶轩

金色摩羯

倪小萱到公司办入职，接待她的是人力资源部的嵇慕儿科员。

嵇科员告诉倪员工，公司这周离职169人，入职173人，不是每个员工都能住宿舍，积分200，达标才有资格申请。

"不想租房。"

"那就买。"

"有达标捷径吗？"

"有，公司骨干。"

"哦。"

"哦。"嵇科员嘲讽地学对方口气，暹罗猫般黑得发亮的眸子上下打量面前个头小巧的倪员工，"不如这样，你让我同情，玩躲猫猫，借我宿舍住几天，找到捷径再打马出营。"

倪小萱沉默了。她觉得入职第一课来得太快。算我输，她心想。她决定接受同情。

嵇慕儿领倪小萱去自己的宿舍。不是那种挤上十个普工的大通间，是专为骨干配备的，十几平方米，四人间，独立盥洗室，空调饮水机俱全；另两位室友是AI工程师陈丹丹和SE工程师甘梦琪。陈丹丹办事去了，甘梦琪在。

"本人去年十一后上的班。阿琪是前辈，早我半年。"嵇慕儿向倪小萱介绍室友，"丹丹姐是僵尸级员工，入职快两年了，你得叫前前辈。"

"哦，向前辈学习。"倪小萱礼节性地向甘梦琪点头，心想，不就一年工嘛，怎么就前辈了，还骨干，同时下意识快速评估了一下对方颜值。

甘梦琪大眼大嘴，性感的锁骨发，两道微鬈酒幌似的荡在五官旁，可见脸廓虚宽，需要遮蔽，没有什么战力；嵇慕儿之前在人事部就评估过，生机勃勃的圆脸，精练的高位马尾，目光张狂，属于战旗高扬战力过剩一类。倪小萱在心里默估了一下，除了个头比她俩矮小，别的不会输下什么；只是没有见到前前辈陈丹丹，办入职时就听说是著名冻龄美人，"80后"妇女，科技园区随便一走动，"95后"女生哎哟哟眸子拽疼，一片片往下倒，这让倪小萱有点不放心。

刷脸程序完毕，倪小萱暗做决策，晚上出门找家靓店，泼血把清汤挂面换成人鱼式，保持原有发丝的顺滑优势，改为内扣式，为自己加持一份收敛的自信。

"这么简单啊。"倪小萱往二位床上斜瞄一眼，私人用品几近于无，不像安居乐业的样子。

"这儿的人流动性大，干满一年的没几个，复杂即累赘。"嵇慕儿快嘴快舌地说。

"昨天赵白白还在你那张床上睡着，痛经痛得满床打滚，今早就带伤去了别的公司。"甘梦琪怀里抱了只分辨不出来历的萌形公仔，嗲声嗲气补充。

"或者正嚼着第四片芬必得,在去别的城市的火车上跟自己发狠。"嵇慕儿冷冷地说。

"为什么?"倪小萱唐突地问。她问的不是前任为什么嚼芬必得,这个经验她自带,她问的是一周走169个,这么多人离职,不正常。她不想在新职业中遭遇命运咒语。

"高新科技,好比高速地铁,见过地铁快,见过谁把它当家?"嵇慕儿的回答很干脆。

"别怕,卵巢萎缩前,不到抱团养老的时候,伤感不严重。"甘梦琪在另一头鼓励说。

"你们呢,也不打算待满一年?"倪小萱觉得事情似乎不像甘梦琪说的,有一种雏鸟隔季换巢的不安,她不希望过几天也和嵇慕儿一样,给新来的室友介绍芬必得的另类用途。

"阿琪不一样。"嵇慕儿意味深长地看了甘梦琪一眼,"通信工程专业,公司优秀技能人才培养计划人家有竞争优势。本人商务英语三年,难度大。"

"什么难度?"倪小萱来劲了。她是理科学院优等生,最听不得难度的话,她就是为这个才来这座城市;她确信要不了多久,自己就能拿下宿舍申请资格,不用跟着谁躲猫猫。

"入户积分和人才保障住房。"嵇慕儿打了个哈欠解释人才培养计划,一边从床边站起来,动作硬朗地脱外套。

"丹丹姐才厉害，学霸加黑科技，冰桶劈叉样样不输人，和她比生无可恋。"甘梦琪摇晃着怀里的公仔说，一脸凉丝丝的敬佩，看不出有嫉妒的小火苗。

"总之吧，丹丹姐是大神，阿琪是小资加吸猫，我是戏精。"嵇慕儿两手够在颈后龇牙咧嘴撕拉链，如是总结。

"哦。"倪小萱似懂非懂。有之前的语境，嵇慕儿说大神戏精的话不是字面意思，倪小萱惦记着优秀技能人才培养计划的事，就是说，她要脱颖而出，一路上杀魔打怪少不了，就这四人骨干宿舍，没见面的陈丹丹和见了面的甘梦琪，两人都是对头，接下来，注定会有一番血腥厮杀。

嵇慕儿穿着小裤衩进了盥洗室，门敞着。很快，花洒尖锐地响起，感觉人和水在里面捉对儿厮杀，分不清谁杀赢了，门是预留给败下阵来那位夺路而逃的。

倪小萱在人水搏斗声中收拾床。前任留下的宝贵经验半点没找到，床缝里倒是捞出几管直销款试用装眼影和乳液。倪小萱不走他人路，把历史遗迹装进一只塑料袋，慎重地拿到外面去处理掉，人有点犯愣，站在垃圾桶前怀念不曾相识的前任，以及前前任们——她们就像花花绿绿的试用款，花力气涂抹在人生的脸上，就算骗过了人们和自己，最终也没能逃掉被洗去的命运。

第二天,倪小萱起了个大早,抖擞精神,准备在入职头一天好好表现,给上司和同事一个积极暗示。可是,没来得及和组里两台智能人对上眼,组长就通知,下午女工放假,组里午餐时间排在第三轮,12点20分进餐,放假时间从12点20分算,明早正常上班。

上班第一天就遇到假期,倪小萱不觉得高兴,反倒像被人扼住脖子,有些失落。吃完饭回到宿舍,嵇慕儿和甘梦琪已经回来了,正讨论怎么消磨这半天。没有古剑四美带飞,没有葵花宝典装×,自嗨和互怼都不利于身心健康,商量来商量去,两人决定放任自流,去街上随便逛,逛到晚上凑份子吃顿安静的自恋餐就好。

嵇慕儿问倪小萱,怎么混这半天。倪小萱入职前换了部"魅族",原先那部"小米"寄给了中年犯困的爸爸。她打算趁这个机会整理一下妈妈的照片,再下些歌,几部片子,在宿舍听歌刷片。

妈妈去世后,爸爸疑心特别重,认定妈妈是为报复他多年前一次男女未遂罪的错,硬患上脑癌绝尘而去。他坚决不使用妈妈去世后新买的东西,除了大米和每天一瓶42度"稻花香"。倪小萱在爸爸当校长的镇上中学毕业,县重点高中三年,以理科探花之位考上省城985大学,就业一年后,辞职南下。她知道妈妈的心病,不相信妈妈能硬生出脑癌。

"窝里蹲,刷爱豆。"嵇慕儿嘲笑倪小萱。

"一起逛吧。"甘梦琪认真地给公仔涂指甲油，好心地说。

"好啊，去哪儿？"话到这个份上，倪小萱也想熟悉社区情况，尽快建立起生活节拍，为竞争充电加油，爽快地答应，"丹丹姐呢，她不去？"陈丹丹昨晚没回宿舍，倪小萱隐隐觉得，这位学霸级僵尸姐不光美颜摧人，还有故事，是顶尖杀手，想早点见到。

嵇慕儿和甘梦琪默契地相视一眼，没接倪小萱的话。

三个人化妆换衣出门。甘梦琪背了个和自己风格相杀的通勤包。两位前辈倚玉偎香，挽着胳膊下楼，倪小萱不适应地跟在后面。从后面看去，刨去花哨的布料款式，前面走着一位快意的母亲和一位可人的女儿，这个判断，让倪小萱在保持独立性这一区块链算法上，没来由地拉了一声警笛。

走出宿舍楼，门口车场有几位唱诗班的义工向路人发送传单。倪小萱朝那边扫了一眼。义工中一位慈眉善目的长辫子女孩，像是等着倪小萱那一眼，抿嘴一笑，攀着那一眼非叶非花地走过来，邀请倪小萱参加唱诗班心得分享会。

"我们也是科技园的，大家聚在一起，是主赐的缘分。"长辫子女孩悦耳地说，声音像凤凰花丛中撞来撞去的红头蜂，很好听，"主赐永恒的福，我们得拯救。"

"耶和华啊，我要在外邦中称谢你，歌颂你的名，阿门！"嵇慕儿大声说着抢过来，一把拉过倪小萱，趁对方回复"你们当用十弦琴歌颂他"的时候，拖着懵懂的倪小萱走开，也不管人家在后面是否听见，凶巴巴叮嘱倪小萱，唱诗班鼓瑟歌诗，每天背教义，周末交给主，一辈子给主做辅工，德行上瘾，除非不想在世俗世界里混，否则别沾。

没走几步，又过来一位高个子男青年，遗失人间的表哥似的，暖心地看倪小萱一眼，往她手里塞了一份广告。倪小萱看广告，心理专题讲座，辅导如何解决职场性骚扰，再瞟一眼高个子青年，那张脸可归为洗眼良心，倪小萱就有些醉。嵇慕儿像可恶的老鸨，吊丧着唇角大刺刺瞥男青年一眼，再度狠心把倪小萱拉走，这回不客气，可怜起倪小萱来。

"看出来了，你属于惊呆早死型。"

"怎么啦？"

"不想想，这儿是女儿国，九成五小姐姐，剩几颗寥若晨星羞羞怯怯的小奶狗，该防性侵的是他们，小姐姐放半天假，他们得了半天揣气时间，感谢还来不及，顾得上招惹你？"

"那他发传单，还穿条纹西服。"倪小萱没听明白嵇慕儿的逻辑，有点不甘。

"呆子，"甘梦琪一旁破题，"校园社团延伸项目，生态产业,他不色诱你,你会掏80块钱听他胡诌未遂计划?"

倪小萱琢磨了一下在大学里干过的营生,不禁莞尔一乐。她喜欢低声下气的高颜值男生,但确定不会加入性侵小奶狗的汹汹大军。

园区主干道上,精心换过行头的女工们汇集成洪流,五彩缤纷地拥向大门。大门外,的、滴、摩和共享单车纷纷籍籍,女工们拽包拔鞋,各自上车,次第分流,去了天知道的什么地方。

三个人不在上车女工之列,出了园区大门,沿街徐徐而行。

科技园区建在城中村中心地带,园区十来家员工密集型公司,为酷开VR、柔宇彩显、怡丰机器人、大疆无人机和纳美石墨烯做订单。园区上游是水稻,疯狂采纳大地精气,下游是水蛭,体量不大,吮吸力惊人,见得到一等富豪,多的是九流穷民,空气中弥漫着一股浓烈的荷尔蒙气息,令万千热爱高科技时代的青年痛恨自己无能。正是喜欢这股汹汹滔滔的劲儿,倪小萱去过几个地方之后,最终选择在这儿落脚。她觉得在这儿,她能体验到一种内心激荡的情感,有与某个重要历史时代联系在一起的奇妙感觉。

街上全是青春洋溢的脸,很少中老年,尤其趿拖鞋的中老年。嵇慕儿告诉倪小萱,园区地盘最早属罗姓望族，宋朝由南京应天府迁来，前200年，罗家人次第迁去美洲、欧洲，村里托管了房产，30年前盖成厂房，三年一装修，十年一升级，村改街道以后，罗姓外的散姓原住民也拿着开发公司的份子钱，逐渐搬去条件更好的地方，管辖区域成了外乡人托拉斯，十来万长住居民基本是企业员工、家眷和三产人员，找个深户不易，找个说客家话的原住民比登天还难。

嵇慕儿一边介绍，一边将圆滚滚的胳膊伸给倪小萱。

"唉？"倪小萱不解。

"挽上。"嵇慕儿说。

"不习惯。"倪小萱说实话。她是二进制人生实践者，不打算建立丰富的社交关系。

"习惯就来不及了。"嵇慕儿拉长声音说，"望族都离散了，在这儿别指望扎心老铁，朋友刚交上就走，根本来不及抓住对方。"

"可是……"

"懂我的人不必解释。"嵇慕儿严肃地看着倪小萱。

"不懂的人何必解释？"甘梦琪娇滴滴舔一下嘴唇。她嘴唇艳得赛过糯米糍荔枝，用不着涂口红。

像某种神秘的入伙仪式，倪小萱默默抬手，慢吞吞伸进嵇慕儿的胳膊环。隔着薄薄的衣袖，胳膊上旋即洇染开一阵陌生的暖意，说不清和"胭脂泪，留人醉，几时重"的配色宋朝有没有点关系。

三个人在店铺密密麻麻的商业街上闲逛。明明街客稀疏，几家K厅音响却特别亢奋，嗨歌的全是女声，三处，居然都选了古惑仔，《热血燃烧》《知己自己》和《兴波作浪》。嵇慕儿一边一个拖着两个女孩，不像要去某个准确的狼杀地兴波作浪，甘梦琪完全由着嵇慕儿，倪小萱不想由着谁，可个头小，站不下来，倒是嵇慕儿贴心，一路征求倪小萱的意见：三块钱一首的练歌房要不要进？五块钱一场的5D要不要看？十块不限时的轮滑要不要玩？十二块一次的松骨要不要做？智慧社区，你想上天，招下手，眼前就能泊下天际一号。

倪小萱入职前就知道，自己的薪水比内地的前工作高出五六成。她算过账，扣掉社保、公积金和个税，刚需部分伙食800，服装美容雷打不动500，其他剁手200，意外支出200。她有好几个证要考。她打算今年把DSP和OSTA拿下，尽快解决技师职称。她还打算考下微软认证，以便为日后加薪晋职扫清道路。这些支出要视项目收费定。她必须攒一笔钱，防止爸爸酒精中毒，剩余部分供自己随时起飞，所以毫不犹豫选择了住员工宿舍、买公交卡、学习资料上网淘、节假日禁足，不考虑旅游。自从校园恋以惨案告终后，她决定无限期清断食。沦陷机会不少，也动过心，到底坚持下来，两年没和男人那个，这部分支出也省了。唯一有过的男友，是她生命中不设防的三人之一，两人在一起时，男友兔子般温存，继而化作不肯放弃的马拉松选手，充满激情地带着她扬着脖颈向前奔跑；她习惯了男友的生命节奏，对力量上了瘾，三年两载戒不掉。她还是对优秀技能人才培养计划感兴趣，想尽快了解一下。如果能挤出钱，她宁愿换台华为M3平板，这样又得花掉2000。她决定对自己狠一点，在娱乐时代对自己下达禁足令。

三个人路过手机店、美容店、麻将馆和购物广场，逛到一个露天迪吧，嵇慕儿停下。

"让阿萱看看，下周她会来这儿充电。"嵇慕儿下令。

她们进去了。其实是个简易露天篮球场，几个男青年叽叽歪歪打着球。另一半场地，三五个男青年借一支串烧喊麦尬舞，七八个男青年在一旁尬聊；舞的人眼神迷离，聊的人眼神魔兽。倪小萱发现，打球、跳舞、聊天的都是税务、城管、法院、保安、环保和消防队制服男，凭此判断，没穿制服的极有可能是街道办的人。

倪小萱很快搞清楚，公司不总放假，开动起来是升级版智能人节奏，想挣表现想挣钱得加班，人累得生无可恋，回宿舍蒙头大睡等于弃疗，最好的辟邪剑法就是找地方卸载充电，球场到晚上会变成露天迪厅，一入夜人肉砸人肉，洗脑神曲开得十足，十块入场费，没有衣着暴露的啤酒小姐让人气馁，干跳不买饮料也没人管，狂拽几曲，宣泄掉负能量，香汗淋漓地走人，第二天又能撸起袖子开始表演了。

嵇慕儿说得恐怖如斯，倪小萱有些发愣，没等整理好灌进脑子里的信息，一个长腿长胳膊的男青年驼着背胁下夹着篮球过来了，看上去是爱出风头的家伙，人往三人面前一戳，目光在嵇慕儿身上睃来睃去。

"余生好长，你好难忘。"长腿长胳膊温柔如水地说。

"你也难忘，建丰同志。"嵇慕儿嘴角露出轻蔑，"看你玩球，战力五渣，不如球玩你。"

"嚯，厉害了姐。"长腿长胳膊挠挠光头，"嫁给我吧，余生指教。"

"安静。"嵇慕儿拉下脸，竖起一只手指，暹罗猫双眼射出寒光，"别作死，自撸去。"

"懂了，初不相识，终不相认。"长腿长胳膊长叹一口气，扭过头去，伸出猿臂投出一个贯场球，走开了。

皮球离着篮筐八丈远无力地落地，嘭的一声，砸出伙伴们一阵露骨的嘲笑。

离开露天迪吧，她们进了隔壁一家电玩城。嵇慕儿熟门熟路，掏20元买下2000发鱼炮，也不观察抽水率，挑了台超声波街机单人作业去了。倪小萱自断娱乐筋，缺少操练，看不懂玩法。甘梦琪在一旁解释，慕儿不是随便进人事部的，她英语专业不怎么样，却是万事通加拿事的主儿，出手天时入手地利，手干闲着也是人和，人事部主管摆不平的事，她能摆平，进公司一个月不到就被调进人力资源部。游戏厅老板是公司原同事，隔壁开麻将馆的也是，慕儿大学勤工俭学时在游戏厅打过工，剽得一手赌技，两家老板都想拉慕儿入伙，慕儿吊着人家，一般"打鱼"玩家最低下注200，慕儿享受无上待遇，20元就能玩。就这样的杀伐人，慕儿自恃能力还特别强，有赌技，不嗜赌，每月进麻将馆两次，一圈牌大体能赢千元左右，出麻将馆，进电玩城，在街机上输掉20元，搏个心理平衡，因为这个，甘梦琪喜欢她。

"高科技时代，企业天天下流星雨，大家只惦记明早的天气预报，没人带你飞，喜欢一个人不容易，别想着成为姐妹淘。"甘梦琪戚戚地说。

"那，为什么不和她一起玩？"倪小萱盯着屏幕反光中涂了一脸杀手蓝霜的嵇慕儿。

"她讨厌冷血动物，杀杀杀。我觉得动物都可爱，包括恶心人的老鼠。我偶尔买买马。"甘梦琪说。

倪小萱过了一会儿才明白，街上有两家卖地下马票的充值店，下注一块钱起步，上不封顶。

"我不指望赢钱开店，就自恋一把。"甘梦琪打哈欠，美人抻腰，拉出一道撩人的曲线，"我白羊座，年中火星进工作宫，关键机会，今年不会离职，可身体会透支，我打算把钱花在瑜伽课上。"

甘梦琪提到工作宫，触动了倪小萱。倪小萱辞了湖北的职来这儿，之前的工作风险概率低，是和爸爸闹到决裂才跳上汉深高铁。她明白一件事，父母当年从这里离开，以后说了15年这里的坏话，要是他们不来这里闯过，连纠结的资本都没有，会过得更糟。她不同，认定这辈子活成什么样，不是她能决定的，可她一定得决定，不然将来会像爸爸一样后悔。

倪小萱想问甘梦琪人才培养计划的事，嵇慕儿已经打光200发鱼炮，水面浮动着一片大鲅小鲑，没看出杀手有多兴奋，也不捕捞战利品，撒机就往店外走，倪小萱住了口。

三人出了游戏厅，继续沿街走。路过一家粉色墙面的私人诊所，甘梦琪脱口说，丹丹姐不是在这儿吧。嵇慕儿瞪甘梦琪一眼。甘梦琪吐吐舌头。倪小萱看见了，只当她俩的暗语，不追问，心里倒有了一丝提醒。

倪小萱是摩羯座，说到工作宫，土星整年都在本位，运势波澜起伏，会频繁调整工作方向，春夏间还有身边小人暗算，不知是否和人才培养计划有关。早上组长隐晦地表示，权益组织对《劳动法》落实情况监督得狠，公司严格控制加班，想加班必须申请，层层批准，排队上岗。倪小萱无法确定组长这话是不是冲着新入职的人说的，要这样，注定会有一场残酷大战。她暗下决定，不管遇到什么，今年的幸运贴咬死四个字，"愈挫愈勇"。她相信自己会笑到最后，哪怕之前大哭三百场。

沿着四方街来来回回逛了两圈，走到脚指头提意见，三个人在一家名叫"软肋"的甜品店坐下饮奶茶消乏。嵇慕儿点了果肉冻，甘梦琪点了岩盐芝士奶茶，倪小萱点了西米捞。

"软肋"的老板也是科技园前员工，三年前在园区二次元赛季拿了名次，开了直播，很快成为网红，辞职开了这家店，生意火爆，街上四家奶茶店，两家拼不过，关门收摊，剩下一家勉强陪练，打算熬到"软肋"看不下去，上门收编。

老板娘不在店里，倪小萱好奇心没得到满足，打量两个进进出出的服务生。那二位瘦骨嶙峋，头发耷拉在眉下，遮住半张阴阳难辨的削尖脸，哪一点也不像奇犽和不二周助，不知道店靠什么火爆起来。

倪小萱那么想着，见对面一家旅馆门口，一对穿同款异色外套短裙的女孩和店家吵架，大概不想要朝街的房间，坚持换背街单元。前些日子来看园区时，倪小萱就留意到，街上大大小小旅馆不少，一些女工在旅馆里进进出出，忙着订房间。她在内地就听说这边有女工做兼职，昨天入职后加了园区群，果然灌入两个社交群，联系方式交易价格一目了然，可见兼职说法不虚。

"今天有很多人订房。"倪小萱装出一副老练的口气说。

"今天是狂拽日,明天才是亲热日。"春天午后的太阳晒得人懒洋洋的,嵇慕儿扭头朝斜照的阳光看了一眼,"明天周末,趁放假抢房,晚了订不上,只能野战。"

"平时见不到面吧,他们?"倪小萱给自己下了封杀令,选择了相当清苦的单身生活,不想说出"恋人"两个字。

"有男票的世界全是泪好吗?"嵇慕儿不痛不痒地说,"今天不知道他明天的去向,挣的钱又不分你一分,这样的思密达要他何用?"

"刚搞上,忽然发条私信,说要去风行八千里难定归期,问你惊不惊喜。不惊喜,意外。"甘梦琪从风格相杀的通勤包里掏出一管干洗喷雾,往发梢上喷,倪小萱才恍悟,不搭的通勤包不是白背,里面什么都有,耳机、唇膏、手霜、棉条、线圈本、去渍笔、防污喷剂、防磨脚神贴、虫虫怕怕膏、粒装漱口水,一包的马鞭草味道。

"有思密达?"嵇慕儿问倪小萱。

"有过。"倪小萱挺起胸脯,平静地宣称,"戒了。"

"好样的!"嵇慕儿用赞赏的目光看倪小萱,猫眼闪烁。

"奋斗期,谁知道命运长什么样?别给自己找麻烦。"甘梦琪从包里翻出一只参天牌眼药水，像所有程序员一样熟练地洗眼睛。

"解决食色性叫盒饭，感情免了，释放压力，能做玩伴小拳捶他，捶不动换人。"嵇慕儿更干脆。

倪小萱品咂两人的话，朝街对面那对糖果系女孩看去。那两位气呼呼牵着手走了，大概去找别的旅馆下单。倪小萱确定她俩不是兼职关系，也确定自己不需要别人来教，她知道自己今年的感情运势有脱单可能，但聚少离多，最终会分手。她已经分过了，不选择再分，要分也像妈妈那样，走脑瘤路线。她觉得即使赚钱晋级再苦再累，她也不会选择做兼职。她猜嵇慕儿和甘梦琪与她一样，但她无法确定她们是否会选择快餐。

饮完奶茶，时间还早，她们决定去看场电影。三个人脑袋凑在阳光下挑选了半天，最后选择了《飞鸟历险记》。豆瓣评分不低，关键是动漫，不过，各种活动抽被国产片包圆了，没有商家送票。甘梦琪手快，蜘蛛网转盘到手两张折扣票，另一张要原价。嵇慕儿眨眼间转了账。倪小萱看清楚票价，没含糊，扫了甘梦琪的二维码，12块钱转过去。

片子画风超Q，故事与南方有关，金翅雀山姆是孤儿，渴望有个家，从未出过远门的它，阴错阳差做了候鸟家族的领航员，带着老老少少飞往做梦也没想过的非洲，可是，毫无经验的它却把候鸟一家带到了极地，结果……结果山姆成了大英雄。

90分钟电影,倪小萱被特别不靠谱的山姆感动得一塌糊涂,好几处地方,她认定做不到而又最终做到了的山姆不是别人,就是她的化身,在黑暗中默默抹去泪水。甘梦琪也感动,哭得稀里哗啦。嵇慕儿在一旁一个劲地递纸巾,说你烦不烦。倪小萱心里有了底,甘梦琪是滴水观音,看似有毒,却适合温暖、潮湿和半阴的生长环境,不在对手之列,如果两人在优秀人才培养计划中相遇,对方会败得很惨。倪小萱为这个隐隐高兴,反而心生同情,伸手替甘梦琪把掉在腿窝里的一团纸巾拿掉。

从电影院出来,已是晚上七点多,天色黑尽,几家舞厅响起劲爆的DJ音乐,激光灯流水般泄了一街道。有如水库泄洪,街上突然拥来下班员工,有的换了工装,有的连工装都没换,直接置换角色进入个人生活,街道一时间变得窄小,挤得水泄不通,几辆车在人群中摁着喇叭哀求,像是没有把握好时间误陷入拖网中的湄公河巨鲇。

嵇慕儿兴奋了,凑在倪小萱耳边大声说,狂欢时段开始了,不尽快突围,只能吃街边涮了,说罢一手拽住甘梦琪,一手拽住倪小萱,肩扛臀蹭,在人群中挤出一道窄缝,熟门熟路钻进一条小巷,三绕两绕,绕到中心广场附近,再从巷子里钻出大街。

倪小萱就是在那个时候再度看到那家粉色墙面的诊所的。夜风凉爽，LED灯照耀，倪小萱看清楚了诊所的名字，怪怪的，叫"安琪儿女子专科诊所"。一紫一白两个女人站在诊所前说话，白衣是中年女人，医生大褂，双手插兜，紫衣是年轻女孩，紫色是工装。

"C套餐八百八，早做早轻松，做完回去睡一觉，明早照常出工。"医生模样的女人说。

"会不会留下后遗症？"紫衣女孩担心地问，"有没有更保险的套餐？"

"刮个宫，又不是买轻奢，我也有女儿，骗你做贵的良心过不去。"白衣女人不耐烦。

粉色墙上，LED灯镂出四个巫术咒语般的美术字，头两个是"无痛"，却刺痛了倪小萱。倪小萱扭头看嵇慕儿和甘梦琪。两人的目光等在那里。三个人都知道彼此眼神里藏着什么，却都不开口。

几分钟后，她们来到园区中央辖地的美食广场。

美食广场建在客家民俗博物馆前一片空地上，博物馆就是罗姓望族的老宅子，如今人走楼空，政府做了博物馆。美食广场其实是大排档，除了桂菜、滇菜、疆菜、湘菜和川菜，还有东南亚美食、韩国料理和俄罗斯菜，操持摊档的真是泰卢固人和乌孜别克人，生意做得蛮落地，印度人摊档上的招牌是"阿三开挂"，乌兹别克斯坦人摊档上的招牌是"丝绸之路"。

应了移民地本土菜火爆的俗数，大排档中最受欢迎的是粤式海鲜烧烤，摊档上座无虚席，扎堆儿排开的便携桌上堆满蚝珠、烤肥肠、杂酱蟹、酸菜血蛤、沙茶酱牛肉、石榴汁和百威啤酒，食客基本是下班后出来放松的科技园区员工，有艺人20块钱两首挨桌献歌，两个脱口秀演员表演自创段子，桥段生活化，特别受欢迎，几乎每桌都会点个10块20块佐餐。印度人和乌兹别克人是真落地，笑吟吟挤在人群中推销煎豆子油炸面圈和闷罐羊肉抓饭，科技园区的人大多会一口流利或不流利的英语，印度人和乌兹别克人在这儿没有语言违和，蹦单词也能把生意做了。

博物馆围屋碉楼下，孤零零坐着个扎丸子头的清疏女孩，一只黑色土狗在她身边走来走去，间或停下来，不耐烦地扭头看她一眼，像她不着调的男友。女孩瘦骨嶙峋，两腿边布着大大小小十来个金属工业料桶，谁也不理会，埋头兀自敲打，湖南口音的rap，透露出漫不经心的疏离和冷漠：

> 大幕拉开，角色登台；
> 你去我来，人设费猜；
> 凌乱对白，剧情走开；
> 高潮不再，结局难改；
> 曲终人散，如何释怀？

这舞台熙熙攘攘上上下下好好坏坏，

　　哭过笑过才知道岁月是一根不断熄灭的火柴，

　　纵然是老戏骨也赢不过命运剪裁，

　　纠缠到底只留下一张发黄的票根，

　　大幕合上时，记得是几座几排？

嵇慕儿找老板要了张堆放塑料菜篮的案台，在大排档中挤出一块地方，把倪小萱和甘梦琪安顿了，自己离开，去了碉楼下丸子头女孩那边。

倪小萱和甘梦琪骈肩迭背挤在人群中坐下，倪小萱坐定后，拿眼睛看甘梦琪。甘梦琪明白倪小萱看什么，从包里摸出折叠式桌面挂包钩，桌边安装好，通勤包挂上去，再卸下人工水钻耳夹，丢进通勤包，接着说了陈丹丹的事。

高新科技，起事的想做黑马，投资的想抓独角兽，风驰电掣的读秒节奏，你死我活的岗位竞争，骨干员工恋人难做。就算两人在一家公司，朝八晚七，计件锁人，三餐不在一个点，住宿舍的，一座大楼两三天见不上面正常，公司把IP看得比人命重，安保盯得紧，晚上十点钟以后宿舍不让外人进，宿舍里其他人也不让，谁都有私生活，最烦他人故事良心不疼这种事，周末之前两人要见，只能在微信上见，感受体温这种事，心机婊都没用；租房的，一旦遇上攻坚，十天半个月见不上面也是常事。有人憋不住，厂区里犄角旮旯多，看准个地方，心急火燎把人约来，食不甘味地嘿咻一次，难免措施失当，科技园十万女工，不小心怀上的多的是，不是什么稀罕事。

丹丹姐不同。她不野合，是故意怀上的。

丹丹姐家乡是著名的长寿乡，那儿日月从容，还停留在白垩纪时代，人们脸上笑吟吟的，过着林籁泉韵的慢生活，就差家家养雷克斯霸王龙和翅蜂鸟了。读书时，丹丹姐想赶紧毕业回到家乡，数星星采云朵，守着爷爷奶奶曾祖父曾祖母和一百多位九族五服亲人过一辈子，由着她喜欢。可是，大学六年结束，丹丹姐突然改变了决定，不想回家乡了。

"也许我的命运不在家乡，我得去找找，不然不甘心。"丹丹姐茫然地对她首位男友说。

就这样，丹丹姐调整了她的生命轨道。

丹丹姐不光美貌，还优秀，在任何公司都是技术骨干。十年中，丹丹姐谈了二十一段恋爱，可是，没有人选择美丽而放弃奋斗，恋人们做不到给她承诺，每段感情都是萍水相逢，无疾而终，而她却因为不断失恋，不得不换企业，离开伤心之地。每次辞职，公司都极力挽留丹丹姐，她都要大哭一场。每换一次工作，都要从普工和基础薪做起，十年中丹丹姐加了十七次薪，晋了十五次级，人生却流水落花，一直青涩着。

第二十次恋爱，丹丹姐遇到了命中注定的男子。他名字和她同音，如果他俩笑吟吟隔街站立，同时大声叫出对方的名字，路人会开心地笑出来。他叫陈耽耽，交大本科，科大硕士，在一家著名通信企业任项目经理，业绩好到让人恨。陈耽耽为企业发狠工作了十二年，没有时间恋爱，遇到丹丹姐时，已经三十六岁了。他笃定地告诉丹丹姐，他一天也等不及，他要娶她，请她答应。怎么能不答应？丹丹姐当场就哭了。

陈耽耽说到做到，坚持要求从国外项目组调回国内，开始筹备婚礼。他入职三年后就做中层，五年后享有公司股权，房价再高，首期不愁，钻戒也精心挑选了。也就是这个时候，公司在中东的业务遇到麻烦，开始大量裁员，准新郎陪着谈判专家一个个找自己项目部的人，苦口婆心地解释公司裁员的理由，再动用自己的关系，把下属一个个介绍到别的企业去。谈判专家好奇，问陈耽耽，如果辞退的员工是他，他会不会也这样为自己背书，把自己推荐到别的企业去？陈耽耽笑着回答，公司不会停止扩张的脚步，不停止，就不会接受死海效应，我不是小白兔，公司不会辞退我。谈判专家看了一眼手中的表格，叹息一声说，你是名单中最后一位，你的股权，公司会以基础价赎回。

当天晚上，丹丹姐姐收到陈耽耽在私信里留下的十几个字："对不起，没有福分娶你，房子你留着。"丹丹姐发疯似的给陈驮驮打电话，发疯般冲到警局。几个小时后，警察给丹丹姐看了一段监控视频，丹丹姐当场晕倒在地上。

"那是什么？"倪小萱心口发紧地问。

"夜色阑珊的海滨游乐场，丹丹姐命中注定的男子困惑地站在退潮的大海边，突然向苍茫的天空举起双手。"

"举起，双手？"

"嗯，就是那种投降的姿势。他就那么举着两只手，跟着落潮走进海里。"甘梦琪转动着一双大眼睛干巴巴地说，"丹丹姐后来一直说，她不会要求陈驮驮回来，她只想问问他，他那双手做过多少金光闪烁的项目，他连爱抚她都那么骄傲，不肯用力，怎么舍得把它们举起来？他这么举着双手走向大海，不觉得对不起他自己吗？"

事情过了两年，三个月前，丹丹姐从绝望中挣扎出来，开始了第二十一次恋爱。这次丹丹姐下了决定，两人确定关系后，她立即怀上了对方的孩子，到处找诊所保胎；她换工作换怕了，不想再做企业流浪女了，她已经三十五岁，青春再美好也过去了，它真操蛋，对吧？她不能让未果的感情像她的家乡一样，像八千万年的白垩纪一样，长得没有尽头，长成了老操蛋。

"就算这样，也没有必要怀上陈驮驮的孩子啊！"

倪小萱皮肤上一阵阵起紧,她突然觉得心里非常疼,非常疼。

"丹丹姐说不清到底是不想回家乡,还是特别想回去,又不甘心。有天夜里,我听见她给慕儿小声说,她在这座金光闪闪的城市里付出了太多,通体都是金色烙印,已经没法回到绿色家乡了,不管遇到什么,她都要在这儿生活下去,她得把自己赌出来。"甘梦琪用酒精棉片挨个儿清洁一次性餐具,像要把她说出来的话洗掉,"女子本弱,为母则强,这条法则,比金光闪闪的学霸管用"。

倪小萱没想到是这个结果,一时无言。她扭头朝碉楼那边看,嵇慕儿坐在丸子头女孩身边,两人激烈地说着什么,要动手的架势。黑狗夹在两人中间,试图保护女友,被嵇慕儿一脚踢开,闷闷地蹲在一旁不开心。丸子头女孩不理会嵇慕儿,继续击鼓。嵇慕儿生气地夺过女孩手中的鼓棒,扬手丢进围屋的围墙后,起身向这边走来。

"你会喜欢上这儿,你的心会被它泡软。"甘梦琪把棉片收纳盒丢回完全看不透的通勤包,冷雨冰风地看倪小萱一眼,"给你个忠告,在它把你变得铁石心肠之前,离开它。"

倪小萱吃惊地看娇气十足的甘梦琪,沉默了。

妈妈在生命的最后时刻,和倪小萱提到这里。妈妈害怕女儿走自己的路，说过同样的话。

"离它远点儿。孩子，别去那儿。你会爱上金色。"妈妈在速写板上歪歪扭扭写下一行字。可是，妈妈为什么不告诉她，她的魂魄留在哪儿了？她真正的爱情留在哪儿了？和爸爸整理行李返回湖北时，她没有带走它，没能带走。

倪小萱改变了之前的判断，在电影院哭了九十分钟的女孩并不脆弱，她是另一个山姆，未必会被自己打败。这片山海间有无数的山姆，他们之前是从未出过远门的金色孤儿，但他们正在成为自己的领航员，除了胆小的弃飞者，没有什么能打败他们。

"吃什么呀，你们？我饿了。"嵇慕儿气鼓鼓挤进人群，朝其他桌上的残羹剩汤看了一眼，不知道她在丸子头女孩那儿遭遇了什么，能拿主意的她，头一回显出踌躇。

"女人节日，总不能吃男人。"甘梦琪咻咻笑，说完缩回脖颈。

"干吗男人？"倪小萱不服气地问，下意识从肮脏的塑胶凳上站起来。

倪小萱承认，她刚刚听到一个男默女泪的悲情故事，正是这个故事狠狠戳了她一下，很难说被戳中的地方是不是她的软肋。但是，在2018年3月8日这一天，摩羯座的她像所有闯进这座城市的人一样，浑身披拂着金色光芒，不会让别人的故事赚走眼泪，也决不相信不如吃鸡的叨叨念，今晚，她要把金色光芒从念想的贮藏室里取出来，当作第一次航程中吹拂起的羽毛，慎重地插在自己的胸脯上。

"老板，来份女神，金色的！"倪小萱穿云裂石地朝摊档主喊道，声音盖过周边的嘈杂。

嵇慕儿和甘梦琪吃惊地扭头看倪小萱。

身边的食客也抛开满桌美食扭头往这边看，连讲段子的民间艺术家都停下来，想知道发生了什么。

现在，摩羯座女孩倪小萱成了众目睽睽下的目标。不过，即使人们看着她，看着这个高科技园区中无数的——看上去比美食广场上堆积如山的蚝珠、毛蟹、血蛤、肥肠多得多的女工中的一个，却无法像对待满桌介壳类食物那样，吃掉她的瓤，再把壳吐在地上；何况，这个小个子女工内心栅栏后关着一头咻咻喘息着的金色小野兽，她那样纠结着，人们看不见，自然也看不见六天之后，另一个永远也没有停止生长的金色摩羯座孩子，他像一颗訇然陨落的流星，穿过阴云密布的卢伽雷氏症天际，坠入温暖的黑洞之中。

2018年3月14日

于深圳听云轩

醒来已是正午

哼哼在微信里告诉景随风,她在他公司附近,离着不远,问他能不能出来两小时,一小时也行。

哼哼来微信前,景随风坐在工位上发呆。有几年,很多年,景随风习惯在实证层面琢磨一些捕捉不住的事情,比如这会儿,他就在想婚姻这件事。景随风过年就满三十了,有两次他差点走进婚姻的大门,结果门关上,他留在门外。景随风觉得不能再拖,再拖他就成游魂了。

景随风伸长脖子朝工位外扫了一眼。项目组三十来号人,只有三四个两周前入职的年轻同事嘟囔着嘴改代码,其他人都一个模样,戴着耳机,捏着罐绿茶,嚼着零食,一脸冷灰地浏览网页,包括泰米尔人 Jhaov。景随风知道,那些网页上的内容不是之前大家动辄狂刷的 NFT 和 Crypto,a16z 基金和无聊猿 NFT 市场情况,而是公司内部网上的优化通告。

景随风收回视线。不用翻工作程序他也知道,下午没有插件安排。疫情两年多,市场萎靡,公司盈利项目纷纷转入亏损,董事会逼着运营团队收缩战线,集中资源保关键战场,公司在这个背景下开始裁员。首批员工优化上周完成,昨天传出风声,第二批优化名单很快就出来,他们这个组是去年底成立的,做 Web3,属于风口项目开发,成立后火了半年,最近风头骤变,很可能滑进优化名单,组里有人会被调去中心组,但不是全部。一切都结束了,他和多数同事只能等待人事专员的谈话。

景随风在微信里回复哼哼,十五分钟后自己在楼下等她。然后景随风给12楼打电话订房间。12楼到16楼是一家经济型商务酒店,主营小时房业务,做大楼里几家公司的生意。景随风得到的答复是,没有房间了。五分钟前还有,现在没有了。

和女友在商务酒店见面的习惯是景随风三年前养成的。那会儿他还和前女友青岩热恋着,正常情况下,他夜里十点下班,新版本测试那些天会通宵赶工,青岩的应酬也不少,两人约会老对不上点,节假日也休不到一块,好容易时间凑上了,约会地点也是问题。景随风来深圳后一直住政府廉租房,小两房改成的四五个隔间,空间小,不隔音,没有同居条件。有一次,心火上脑的青岩直接对景随风说,不能将就的话,你公司楼下有商务酒店,你去开个钟点房,我不要啤酒烧烤,不包你夜,宠幸你一下就走。景随风觉得脸上被打了一巴掌,有点不高兴。青岩感觉到了,笑笑说,不是我的规矩,你们那儿的人都这样。等景随风问过同事,才知道青岩没有说假话,大楼里的人都在商务酒店订房,和另一半或者别的什么人约会。再一想,怎么不是呢,买房过了入市期,约会却不能等,等两次就黄了。景随风和哼哼是疫情大暴发那个月开始相处的,他倒是想约哼哼一起排队做核酸，这样约会每天都能坚持，但肯定找打，留给他的约会地，只剩下商务酒店。

景随风犯难到哪里去弄房卡。科技园片区有好几家类似商务酒店，目标客户是腾讯总部、百度总部、联想总部和中兴总部的数万码农，不过，下午钟点房比学区房紧张，三点一过一房难求。也许过几天情况会有改变，裁员台风登陆，营销小妹肯定会挨着扫楼推销房卡，哥哥哥哥地央告，但肯定没有人理会。景随风管不了营销小妹，他只管哼哼。哼哼在跨境电商平台做QC，就是出口商品质检员，这两年封城封关，订单抢不出来，订货代表进不来，外贸难做，哼哼公司亏损像夏至后的气温，间天攀升，哼哼每天坪山、龙岗跑厂商，催单子，和人吵架，去年春天起咽炎就没有断过，够可怜的。景随风心想，要不就去街对面药店买两盒慢严舒柠和喉宝，进星巴克，"星冰乐"兑慢严舒柠，让哼哼喝，嘴里再填一粒喉宝，陪哼哼说两小时话，听她倒倒苦水。

景随风正那么想着，康九九像一条灵活的虎皮鱼，绕过礁石般的工位，驾驶着他那辆所向披靡的九圆牌残障车过来，将1212房间卡丢在景随风工作台上，冲景随风眨眨眼。

康九九是ACM高手，技术大牛，组里的业务经理，景随风的顶头上司，三十多岁，化州人很少有他这样一米八三的个儿。他毕业于上海交大,有过一年海外打工经历,爱说冷笑话,原先在核心开发部门,五年前脊髓前角细胞病变,腿部肌肉萎缩,顶不住高能运行工作,发配到边缘组,负责团队技术业务。康九九三年前离了婚,两岁的孩子判给了前妻纪芳芳,不过,疾病和离婚并没有打垮他旺盛的生活愿望,他和纪芳芳依然保持着密切联系,身边还有数目不详的女友,这就是他兜里常常揣着酒店房卡的原因。

康九九告诉景随风,不是同情他,本来纪芳芳约了谈孩子的事,刚才接人力资源部通知,下午开项目负责人会,没说会的内容,猜测是通报第二批裁员名单,他们这个项目组在雷区,大概率会炸,他得去做最后一次挣扎,争取少裁人。

景随风谢过康九九,在微信里给哼哼留了房间号,又叫了两杯"卡乐巴巴"。他能想象顶着一头乱发的哼哼,进门后像一匹法拉贝拉马,气急败坏喝光果茶,瞪着眼睛巴巴地看着他,等着他继续投喂救命水的样子。

景随风掐着点离开工位,下楼去了商务酒店,出电梯时,他看见运营经理老邹进了一个房间。老邹来组里半年多,景随风好几回看见他来开房。头一回遇上,他回头问康九九,邹 boss 有老婆有房,怎么也去楼下?康九九不说老婆和房的事,问他和老邹打了招呼没有。景随风说这些日子邹 boss 狂暴组里业务,自己没能幸免，不想打招呼。康九九这才解释，老邹挺可怜，没见他四十岁不到，脸上一块块老人斑？开房是为了减负，减完负按时回家扮演丈夫和父亲角色，选择晚上和周末时间会影响家庭生活。

景随风心想，可不是有压力吗，项目组就老邹不是搞技术的，海外做过几个月Web3社区，公司花高薪挖他来做运营。头两三个月，大家热情高，没成家的几乎没离开公司，吃睡都在工位上，连极其讲究契约精神的Jhaov都不拿劳动合同说事，没日没夜在工位上敲代码，老邹见人拍人肩膀说煽情的话，绿茶成箱往组里扛。后来情况变了，Web3市场是疯狂的趵突泉，每天都喷涌出大量产品，想模仿就得一次次试错，每次都要花费大量精力，老邹不断拿市场调研推翻组里的方向，和业务经理康九九吵架，项目组完全没有共识，压力自然大。

"不过，他还是坏了规矩。"康九九眨巴着眼睛说，"他这种情况，有私密性更好的酒店，网上办入住手续，车直接驶入车库，走专属电梯进房间，见不到人。和单身狗挤小时房源，不地道。"

景随风进了1212。房间是白色雪原主题，到处贴着折射镜，提供给客人玩Find me游戏，桌上摆放着营造氛围的巧克力礼品装和解锁用小支红酒，床头柜上还有两样自助玩具。景随风把桌上和床头柜上的东西收进衣柜。他和哼哼不需要这些。他们需要努力挣钱，稳定双边关系，拿到廉租房号，早一点建立家庭，那个靠酒精和热血玩具做不到。

项目组是新知识的交流地，Web3中文资料少，需要阅读大量英文资料，组里人开口就是行业黑话，外人听不懂。但没有人知道，景随风是个隐藏的诗人。不是名声在外那种。景随风少年时就偷偷写诗，写完不给人看，收进文件夹。景随风非常喜欢兰波的那首"通灵"诗：

> 我拥抱夏日的黎明。
>
> 宫殿前一切依然静寂，流水止息。绿荫尚未在林间消失，我走过，唤醒一生动而温馨的气息，宝石般的睛瞳睁开，轻翅无声地飞起。
>
> 在晨曦洒落的小路上，一朵花告诉了我它的名字。我向金黄色的飞瀑大笑，它披散着头发飞过松林。在银光闪烁的树林梢头，我认出了女神。
>
> 我揭开她层层纱幔，在小路上我挥动着双臂。在平原上，我把她介绍给雄鸡。在城市里，她从钟楼和穹顶间逃匿。我像乞丐一样，在大理石堤岸上追逐她在月桂树边，用层层轻纱将她环抱，隐约触摸到她美好的躯体……

景随风一直认为自己有前世，就像兰波有女神。他确信他现在的生活与前世的生活天壤之别，可前世的生活是什么，他却没有一点印象，这使他非常困惑。景随风觉得事情不复杂，极少数人能记住生命密码，大多数人记不住，所以才找不到通往前世的通道，就像兰波说的，被遗弃的火车头还在燃烧，但却已经停在铁轨上，而他区别于极少数人和大多数人，他记得很多密码，只是不知哪一个才能开启前世，他还在找，一个一个地试，需要一些时间，他希望自己依然属于幻想的一代，通灵能帮助他做到这个。

几分钟后，哼哼到了，旋风似的晃悠着双马尾辫进门，脚跟一磕关上门，通勤包往桌上一丢，口罩摘掉，口齿不清地说，连着两晚盯在厂里催货，一直没睡，困成狗，让她先睡几分钟，睡完起来他们再说话。这样说完，她外套没脱，人往床上一倒，眨眼就睡着了。

景随风不能待很长时间，项目组负责人会开完他就得上楼。他过去替哼哼脱去脚上的板鞋，腿搬上床，拉过被子给她盖上，又怕她起来着凉，重新整理了被子，只在她腹部搭了一角。哼哼体型优美，折叠成一只犀牛虾可惜了，做QC更可惜。不过她这样的大专生，在深圳能找到一份收入过得去的工作，已经很不错了，再贪就过了。景随风犹豫了一下，要不要去接点热水，替哼哼敷一下脸上的口罩带勒印，想想有点矫情，放弃了。

景随风在窗前坐下，接上耳机刷屏。他想，员工优化的事情是不是早点告诉哼哼，告诉晚了她没有心理准备。又想名单没下来，说不定他是幸存者，告诉早了反而惹哼哼着急。项目组事业线不好，竞争不过游戏和云项目中心组，最近两年评级他都是中，不过他一直注意KPI排名，暗中抢着做一些边界的活弥补产出，他估摸了一下，就算组里裁掉一半，他也在安全线内。

景随风的家乡在大别山区的麻城，父母在水务局分别当科级调研员和股级科员，大学毕业时，学校苦口婆心告诫，现在工作不好找，薪水给到三四千就接，就算这样，多数人也要做好啃爹妈两年的准备。父母让景随风回麻城，麻城是县级市，算得上五线城市，科级就是很大的官，父母怎么也能替他安排上考编名额，但景随风不甘心，不相信这就是他的前世，他要拼一下。景随风花540块钱买了张车票，外加15块钱盒饭，南下来到深圳，凭事先做好的功课，找到车公庙产业园，走进一家做山寨机的企业。面试时他很紧张，感觉随时要尿。HR问了他几个问题，都是一些链表反转、插入删除的基础常识。他紧张地答了。HR忙得很，告诉他录用了，起薪六千五。他吓一跳，出于找份工就好的心态，他做好了十天流落街头的准备，不会提太高的薪酬要求，没想到从武汉出发到拿到工卡，时间不到九小时，找第一份工就中了，薪水还远超学校的估价，怀疑进了一个不正经的强盗团队。HR看出他的疑惑，解释说，公司上午已经录了三四个南下大学生，无他，老板刚拿到第三轮风投，就愁钱没处花。

景随风一开始跟着组长搞安卓开发。他在学校没学过安卓，那会儿感兴趣的是超频，给WIN95找漏洞，和同学讨论相对论和熵之源，得多土的人才学安卓系统啊。组长说，车公庙周边五公里，狗都会安卓，不会狗都瞧不起你，没关系，我教你。景随风怀揣愧疚真心恶补了一气，把能找到的Donald Knuth计算机编程书全找来啃了一遍。没想到他撞上了大运，那么冷门的安卓，他刚学出来就火了。那一年他运气特别好，干什么成什么，参与做了两个软件，在全市青年技工比赛中拿了名次，成了公司骨干，唯一不顺的是女朋友换了两个，他认真谈，都没谈下来。

景随风的顺境在入职的第二年终结掉。投资人砸了几轮钱，用户一直不见涨，过了期待期就撤了。公司开始走背运，放弃研发转行做中低端电子设备，管理层整天吼着让员工没命地加班，组里对进展经常到凌晨两点，早上七点半接着开会。景随风说了几句抱怨的话，组长给上司打小报告，年终奖扣了四成，景随风一气之下辞了职，投了大厂简历。

景随风永远忘不了那一天发生的事，简历投出去十几个小时，他就接到回复，通知他第二天一早去科苑路面试，他去了。HR根本没正眼看他，他一落座就让他写一段代码，交代说别麻烦，直接翻工程文件就行。看过代码，HR问他对薪酬的要求，又让他去弄一份没有心血管疾病和精神病家族史的证明。他就知道被录了，支支吾吾回避薪酬问题，拿定主意只要不低于前份工薪就干。HR说行李带着吧？带了就别走了，去楼下找工位上工，说罢撕了张纸条合着工牌丢给他，说他级别T2.2，薪酬17000元加16薪，另有1200元房补，合着奖金全年能拿30万。他没听清楚，愣在那儿不敢问，慢慢回忆了一下对方的话，觉得戏太过，这么演就有点夸张了。

那天景随风离开大楼，站在朝气蓬勃的科苑路大道边，一时不知道接下来该做点什么，心里想，这就是女神现身的黎明吧？如果是，那就是兰波说的思想的孵化，他要注视它、倾听它、拉下琴弓，在内心震颤的交响乐中跃上舞台。那么想着，他的眼眶居然湿润了。有件事情他清楚，他再也不可能回到五线城市的老家去考水务局抄表员工作了。

就是在那个时候，景随风交上了康九九这位朋友。

老极客康九九驾驶着他的九圆牌残障车，领着景随风熟悉公司环境，在咖啡厅、健身房、羽毛球馆和理发店里快速穿梭。康九九自嘲，项目组不是什么好组，在公司主营业务外晃悠，但包早餐，午晚两餐半价，有各种赠券拿。景随风像是打了鸡血，表示他不在乎蝇头小利，也不怕挫败和疯狂，在走进这栋大楼后，他就决定要做兰波说的伟大的病夫、伟大的罪犯、伟大的诅咒者，在工作中磨炼坚定的信仰和超人的力量。

"兰波是谁？"康九九用看冷冻蚝干似的眼光盯着景随风。

"他是通灵者。"景随风从对方的眼神里看出轻蔑，口气中透出不忿。

"你十八岁的生日早过了吧？"康九九咧着嘴嘲笑。

康九九没废话，花三分钟时间让景随风弄清楚了大厂生存秘诀：大厂不需要病夫、罪犯和诅咒者，他们会被资本家的机枪扫得满身窟窿。在大厂干，技术不是优势，年龄是，成了家的人体力半泄，心事也半泄，老挂着家庭经济安全系数，对薪酬期待高，管理层再蠢，也知道他们和精力旺盛、薪酬期待低、一说赶工住公司就兴奋的年轻人的性价比，景随风能做的只有两件事，别太早成家，早点评上技术专家，熬到签下终身合同。

"在你坐到工位上之前，确信把容易伤到自己的东西和易碎的东西都丢到脑后了，不然迟早完蛋。"康九九说罢，操纵轮椅来了个漂亮的原地转，大雨中的塞纳似的驾驶轮椅离开那里。

景随风上班后发现，组里很忙，PPT做不完，每天都催着提交工作结果，团队几小时开一个会，但全都是瞎忙，实际工作无非是没完没了地研究市场反馈，然后改写几个代码。项目组同事基本和景随风一样，闷骚型的985毕业生，个个暮气沉沉，玩的都是上古时代的《魔兽争霸》《穿越火线》游戏，他们当中一半人希望留在一线城市生活，一半人属于走着看，趁年轻出来见见世面，混不下去就回家乡考公务员。

景随风很快看出来，大厂无非占着资本和赛道优势，谈不上创新，一般程序员不用考虑复杂算法，有专门团队基本山寨太平洋西岸的研发技术，不会出现Linus和Jeff Dean之类人物。景随风倒不敢沾Linus和Jeff Dean的边，对他来说，他们是神一般的存在，而他崇拜的是一头狮子发和大胡子的自由软件运动领袖Richard Stallman，他对Richard Stallman开发出的Emacs、GCC、GDB烂熟于心，这是他在诗歌之外的另一项私藏，他没给康九九说。

组里的情况大大打击了景随风的浪漫主义志向，这让他非常困惑。他担心自己没有知识迭代，能力退化，以后成为废物。不过，他屁股下的发动机也不能卸下来，程序员是刚需，天不垮不会裁员，关键是业务逻辑不能生疏，绩效别混到摆尾就行，不然就算签下终身合同，还是会被末位淘汰。

接下来的四年，景随风工作顺风顺水，两次晋级，年薪拿到50万，让父母直呼真的假的，非让他在微信里晒薪酬单才相信。

康九九和景随风不同，他离开中心组后薪水大减，前两年还能撑，这两年孩子要上学，纪芳芳缠着他变卖了龙岗的二线房，加杠杆买了南山的学区房，房贷每月三万，孩子幼儿园费用加生活费保险费一万，他自己要生活和交际，怎么也得万儿八千，加起来每月花销没有五万拉不开栓，要不是瞒着公司替一家小公司写源代码，财务规划根本算不过来。

"你有过家，现在还留着半个，就不能省着点，别和姑娘泡？"景随风劝康九九。他没告诉康九九，他这两年心憷成家过日子，多少有点受康九九负面影响。

康九九眨巴着眼睛哈哈大笑，说自己是恶性弛缓性麻痹，用不了几年就不能动弹了，不囤积点美好回忆，熬不到最后那两年。

也就是这个时候，机会出现了。去年底，防境外病毒输入最紧张那两个月，公司拿到天使轮资金，急着开新项目，高层决定试水 Web3 赛道，从海外挖来老邹做项目运营。康九九没有接触过 Web3，可公司也没有对 Web3 熟悉的人，他在几个闲置的资深技佬中脱颖而出，抢下业务主管的活，从一些边缘组找来一批不得志的人，景随风是他最后谈话的，理由是他俩关系不错，他不能丢下景随风自己去一览众山小。

景随风这些年关注过虚幻引擎技术、脑机接口、人工智能、边缘计算、3D操作、智能合约和加密货币，但也只限于专业信息浏览，基本没有碰过涉及算力的底层技术，敏感的草地上不长蘑菇光长草，有些犹豫。康九九看出来了，劝景随风别为技术差距焦虑，中国不需要脑子开挂的工程师，只需要能做代工的技术生，Web3说穿了不是什么新技术，不过是个概念，风口煽起来，确实能影响市场的发展和应用。

"别指望自己有能力建立下一代网络技术、法律和支付基础，你就想，要不要抓住机会，改变自己大头朝下的生活。"康九九毫不客气地说，"你要确定不抢这拨水，我就扬长而去了。"

康九九这句话打动了景随风。这几年他看明白了，随着年龄增加，他确实在往前走，但却是被时代推着，不是推动时代的人，更别说改变。何况，时代并不始终往前走，有时候它会倒回来。前几天父亲来电话，东扯西拉说了些家事，然后支支吾吾透露，市里刚发了文件，三年停考，之前的参公也要清退一部分，当年幸亏他没回去考公，不然还得二次就业。

景随风那么想着，哼哼的手机响了，是《起风了》。

景随风记得哼哼去年的铃声是飒爽的爱情故事《盗将行》，从"看那轻飘飘的衣摆，趁擦肩，把裙掀"到"枕风宿雪多年，我与虎，谋早餐"；前年是朋克公主酵母所向披靡的《敲开天堂的门》，从头到尾就一句，"敲响，敲响，敲响天堂的门"。景随风觉得特别合自己的意，不过相比较，他更喜欢鲍勃·迪伦的《敲开天堂的门》，"妈妈，把我的枪放在地上，我再也不能用它射击了"。怎么可能？比利小子从拔枪到射击只需要0.3秒，他只是有点累，想躺下来睡一觉而已。现在哼哼把铃声换成"心之所动，就随风去了"，看来她被工作压力缠得苦，有些疲倦了。

哼哼没有醒。景随风过去，把哼哼的挎包放进洗手间，关上门，这样手机铃声就没么刺耳。

景随风很在意哼哼。他俩不是初恋，此前两人都有过一些经历。哼哼是青岩介绍给景随风的，哼哼是她师妹。青岩在综合部做中层，公司大量交际她都得参加，不参加气氛保障不了，生意谈不下来，管理层关系也没法和谐。酒局上男性上司的习性谁都知道，青岩和那些紧张地叮嘱自己别喝醉，因为没喝上司敬的酒被打耳光的女同事不一样，她是主动型，酒桌上风情万种，频频举杯，主导局面，不失分寸地打消掉男上司的非分之想。只有景随风知道，青岩那样做有多辛苦，她每次喝到一定程度就会跑进洗手间抠喉咙吐酒，好几次抠出血。她为自己披上了那么结实的铠甲，最终还是在酒阵中陷落，成了上司的猎物。

"我不能保证三十岁戒掉，"青岩用盐水送服下云南白药胶囊和奥美拉唑，平静地对景随风说，"它是我的空气和水,我需要它,你让我和它过吧。"

她没说戒掉什么,她需要什么,酒,风情万种,还是主导局面的野心。

不是景随风不专一,他爱青岩,尝试过接受青岩就是这样的青岩,如同谢尔·希尔弗斯坦那本风靡全球的绘本所说,人生的另一半等于体量不一、形状不合、需求不匹配、速度不一致的总和,聚合是个漫长过程,能在一百次偶遇中遇见就不错了,他磨掉棱角匹配青岩就好。但景随风对付不了酒精中毒性嫉妒妄想导致的暴力攻击,应付不了俩人在频繁的幻视和幻听中揪打成一团,伤痕累累。

然后,哼哼出现了。青岩再一次主导了局面。

哼哼不如青岩漂亮,也没有那么要强,除了工作累一点,拿在职本科和学白话学英语苦一点,这些都逼着人不得不全力以赴,暂时还没有养成和世界拼个你死我活的煞气。

哼哼睡得很沉,景随风判断她还要睡一会儿,心想也许她第二顿还没吃,这么一想,就有些心疼。这个时候去食堂不是时间,他决定去给哼哼弄点吃的。

景随风下楼,在大堂里见到几个头一批被裁员的程序员,拿着销掉磁的生物门禁卡和保安吵架,宣称要从52楼跳下来。景随风站下看了一会儿,推测他们是裁员者中的风险分子,也不是非吵回公司不可,这个做不到，公司法务部早调出这些人的违规纪录，就算没有财务问题，没有泄露过公司资讯，总不会全勤吧，哪能找不出点合同瑕疵，不过是宣泄一下心中的恐惧罢了。

景随风出了大楼，沿着传说中的宇宙中心大街走出二百米，拐个弯，来到楼群背后一处工地。那里有一排蓝色铁皮工棚，二楼晒着橙红色的工装和塌了布头的底裤，一些戴着黄色安全帽的工人进进出出，工棚旁有两个快餐摊，一家卖炒米粉，一家买隆江猪脚饭。工地是蓝领的地盘，程序员不会到这儿来，前段时间公司因疫情封楼，程序员关在大楼里上班，有一次景随风跟车外出办事，大街上空荡荡，工地居然没停工，工人们忙着扛水泥，搭架子，拉线，打灰和炒油，两家快餐摊子点着炉火。景随风想在室外多待一会儿，怂恿同事停车，两人下车，各叫了一份猪脚饭，没想到一口酱香浓郁的猪肘入口，人就被征服了，哭的心思都有，以后景随风就常来这儿吃猪脚饭。

景随风在工地大门旁扫了场所码，隔着老远向两个摊主晃了晃了绿码，走近快餐摊。米粉摊的摊主正忙着把胡萝卜、黑椒肠和鸡蛋摊饼切丝作备料。米粉品种不少，从五块钱的三丝米粉，六块钱的香肠、番茄鸡蛋、海米米粉，到七块钱的香菇肉末、彩椒肉末米粉，八块钱的青菜虾仁、蚝油鸡丝米粉，加只卤蛋，一瓶啤酒，十四块五管饱，吃完顺便在旁边水果摊买点便宜水果，有时间还能花十块钱在摊子边理个发，采个耳。

猪脚饭摊主是红太狼夫妇，俩人三十出头，来自湖北最贫困的英山县，是景随风的黄冈老乡。黄冈出门打工的人不少，通常是丈夫外出挣钱，妻子在老家养老人带孩子。红太狼夫妇俩感情好，不愿分开，孩子寄托给嫂子，俩人手牵手来到深圳，头两个月打了57份工，俩人乐呵呵的，没听他们诉过苦。

夫妇俩这会儿正接待几位一身水泥粉尘的民工。红太狼从老汤里捞出半只色泽油亮的蹄髈，一小块奶脯，斩出一堆油汪汪的肉片，米饭上分别盖五六片，剩下的猪肘丢回老汤里，再往卤肉上攥了两根烫好的油菜、半只卤蛋和一筷子酸菜，浇上卤汁递给民工。民工们往微信里转了饭钱和啤酒钱，蹲到一旁大口吃饭，嘴角挂了油，就拉起下颌上不知戴了多少天的脏口罩抹掉。

景随风和红太狼夫妇打过招呼，点了猪脚饭，特别叮嘱要糯香的猪脚，不要肥肉多的蹄髈，再去一旁的冰柜里取了两瓶绿茶。

红太狼斩肉的工夫，景随风站在快餐摊边和红太狼妻子有一搭没一搭说话，知道这片工地还有两天就收尾，民工们会"提桶跑路"，防疫管得紧，多数民工打算结完账就回家待着，红太狼夫妇不准备走，他俩相信疫情再紧也会有工地，不愁卖不出猪脚饭。

"提桶跑路"四个字让景随风心里咯噔一响。前几年大厂也有近似说法，叫"逃离996"，不过人家民工"提桶跑路"是换工地，大厂人"逃离996"是换工作，你看现在还有哪个大厂人还叫嚷换工作的？

景随风朝深南大道南侧深圳湾方向看了一眼。那里有一片神秘的高级会所，景随风入职四年只在视频中见过的公司Big boss，还有一些别的公司Big boss，他们经常在那片雅典卫城里议事。景随风知道，他们从康宁医院看完特需号，带着浮游性焦虑症诊断书回到会所，坐立不安地换着腿，谈论公链、钱包、图灵机和时间戳身份验证，编织合约大网，伺机捕捞DeFi、DAO和NFT公司，试图在垄断互联网之后，再度控制用户独立、保护隐私和夺回数据的区块链技术，或者进军元宇宙，抢夺5G+AI+XR+云计算，这样就能跨越Web3.0，创造人生高光时刻。

但雅典卫城里的事和景随风没关系。景随风在这个时代里，却不掌握时代的源文件，在康九九给自己的别成家太早和早点签下终身合同两个职业建议外，他能做的，是不要挤进精神障碍病高危个体人群中。

景随风拎着猪脚饭回到大楼，刚进电梯就接到康九九的电话，要他到48楼健身房见面。景随风感觉情况不妙，把饭盒送回1212。哼哼还在睡，章鱼似的蜷着手脚，脸埋在一堆乱发里，呼出的气息吹动两绺触手般挠动的头发，不知睡梦里是不是在和海鳗、海龟和抹香鲸搏斗。

景随风轻轻掩上门，赶到48楼，走进健身房，见康九九正在气咻咻地举铁，因为下半身没有力量，明显很吃力。

康九九搁下哑铃告诉景随风，会开完了，结果相当糟糕。

景随风心里一惊，小心翼翼问，总不会真的裁员过半吧？

"要是过半就好了，"康九九咧开嘴惨笑说，"断腕，项目组集体走人，连我一块儿。"

景随风很快知道，经济持续下行，高层选择停掉所有边缘项目，包括Web3这个五十岁男子憋大招生下的孩子，让别人去做下个世界的掠食者，接下来，凡是与传统产出无关的项目组大概率都会陆续出现在优化名单里。

康九九问景随风怎么打算。景随风以为自己能在过半淘汰中侥幸逃脱，没想到会这样，事情太突然，还没反应过来。快速想了一下，创业他没有资金和资源，头部大厂出去的人有光环，倒是可以试试去中小厂转管理，可大厂思维模式和中小公司有很大不同，一用就拉稀，也许可以换到新能源行业试试，但疫情和经济形势这样，不是一两家公司遇到事，离开的人太多，相当于海啸，新能源也不一定好就业，那样发了一会儿呆，想起功勋员工康九九也被裁了,不由替他委屈,问他怎么打算。

康九九说,他的情况比较复杂,残障,有娃,分心处多,换他做高层也会开了自己,所以他才鱼死网破搏Web3,结果没时间做成,的确有点遗憾。麻烦的是,他是疫情头一年高杠杆换的房,当时向公司借了笔数额不小的安居贷,疫情起来后,想着人动不了,钱能动,向亲友筹了一笔钱,在股市和Luna币上也加了杠杆,哪知中概股指望不上,下跌时没破产,补仓补破产了,号称币圈茅台的Luna也跟着跌,投进去的钱全蒸发掉了,债背得重,现在一裁员,下个月房贷断供,公司要求解除劳动合同时一次性退贷,否则背上18%的利率,只能考虑贱卖房子,等于混了十年,一夜之间归了零。

"找微粒贷、借呗和度小满周转几个月?"景随风知道这个主意不怎么样。

"数据共享,信用额度肯定下调,钱借不出来。要说大数据,本人助纣为虐,也有责任。"康九九干巴巴说冷笑话,"不过,我是被离职,公司贷款行为有法律漏洞,先走免责仲裁,能拖上一段时间,不会坐以待毙。"

景随风心有戚戚,庆幸手中积攒的那点钱没挤进高杠杆。他记得康九九有个一起出道的朋友,后来离场转VC,给人拎包去了海外,再后来投TMT成了,前些日子在新加坡寻找消费互联网项目,让康九九去帮忙。景随风就问康九九为何不投奔那位朋友。

康九九说,晚了,赛道不同,不在一个世界里了,就算赖着人家养他,等于温水煮青蛙,他不会自找没趣。他倒是可以去华为系外包公司做技术管理,不过自己手上的活过了气,新技术一干就露馅。他要对儿子负责,对前妻负责,对女友们负责,只能披挂上阵,搏一下。他打算邀两位朋友做低端芯片,用在儿童玩具和遥控器上一块钱一个那种,成熟了再去印度和越南做低端代工,国际禁运他拦不住,晶圆他碰不了,市场刚需十年八年优化不掉。

"我和你不一样,"康九九眨巴着眼睛看天花板,手上神经质地扳动遥控器,让轮椅来来回回在景随风眼前晃动,"我早年积分入户,是深圳人了,前妻是创一代,儿子是深二代,半数女友和深圳有千丝万缕的联系,要说家乡,我是我们康家在深圳的创世祖,走不了,拼死算数"。

康九九要回项目组宣布结果,轮椅驶到健身房门口停下,回头看了景随风一眼,说知道景随风一直在偷偷玩 Last Life 和 A reborn hero 这种丢程序员脸的前世游戏,也知道景随风被前世的念头缠得苦,要劝景随风一句:

"你我这些吃程序饭的,是在现实中断了根的人,没有前世,也没有来世,就算这样,也要欢欣鼓舞地活下去，不然连现世也没有了。"

事情到了这一步，景随风决定不回项目组参加宣判会，没有必要回去捏着绿茶嚼着零食满脸丧气地听康九九宣判死刑。他倒是很想知道泰米尔人 Jhaov 的反应，不知道他是不是后悔没去美国，他的族人在那里可是抢手的香饽饽。

景随风下楼返回 1212。哼哼已经起来了，坐在床头勾着腰急不可耐地往嘴里扒猪脚饭，见景随风进门，齿间衔着半片香糯的猪蹄肉，起身脱外套。

"一会儿得赶去坪山催货，还能待二十分钟，来得及。"

景随风把蹭过身来的哼哼按回床边坐下，饭盒塞回她手里，绿茶拧开瓶盖塞进她手里。

"怎么啦？"哼哼困惑地看景随风。

"不是时间不够了吗？你先忙，我们再约。"景随风不打算立刻把实情告诉哼哼。

"那怎么行，我不能白来一趟，八十八块不是钱哪？"哼哼不干，继续解外套。

景随风捉住哼哼的手，告诉她，他知道一件事，过几天这片楼群里的商务酒店有大折扣，他们有机会好好说说话，讨论未来。

哼哼被景随风哄住，肩膀一抖，外套缩回身上，快速扒光盒饭，一口气喝掉一瓶绿茶，另一瓶装进通勤包里，回身抱住景随风，往怀里用力摁了一下，蹬上鞋匆匆出了门。人在电梯里给景随风发微信，说下次要在12楼待一整天，不说未来，先看住现在，她得靠它继续前行，不能像没有草料的马，那样跑不出一望无际的草原。

景随风走到窗边，看楼下的科苑大道。他看不见匆匆去挤地铁的哼哼，只知道这是他最后一次来12楼了。几天后，交还了公司电脑，领到N+1赔偿金，他会约哼哼在正规场合见面，告诉她他遭遇到什么，告诉她这一拨病毒没有那么容易消失，它们不断更新迭代，活跃得很，而他青春已过，耗不起，再待下去也没有指望，他先回麻城待几天，再说以后的事。

景随风有些难过，他喜欢这座城市，它有一股野蛮生长的劲头，现在它还在生长，只是被套上了一具枷锁，看上去不再野蛮，不可能一意孤行了。

景随风突然想起，来深圳后，他无数次地在互联网上浏览这座城市，可来了几年，他从没走进过它的真实空间，还不如那些一日游的外地旅游者。景随风不知道这意味着什么，是不是说，这座城市非常了不起，他高攀不上？

景随风在窗前站了几分钟，推测哼哼已经上了地铁，精力充沛地挤到人群中，环住把杆，掏出七寸平板刷货单。他转身离开窗前，出了1212，乘电梯回项目组。在电梯里,景随风脑子里突然冒出兰波那首"通灵"诗,他无来由地想,诗里写到的黎明,是不是他寻找了多年的前世?如果是,他是不是早已错过了它?他那么想,嘴里嗫嚅着,背出那首诗的最后两句:

  黎明和孩子一起倒在幽林之中。醒来时,已是正午。

2022 年 6 月 26 日
于深圳猜湾轩

阿慢、苏拉和逃亡的档案

一

阿慢姓花，全名花慢，南海客家人。阿慢是那种安安静静，阿爸阿妈在人群中找他，要看几眼才能认出他，叫他他不应，无声地挤过人群，来到阿爸阿妈身边恬静地站下，那样的年轻人。

苏拉是台风，家族编号2309，小个头，暴脾气，像它的猫科动物名字，行踪不定。

阿慢和苏拉同年出生，都生于1997年。8岁那年，苏拉突然想见阿慢，于是大老远从菲律宾海朝南海跑来，可惜走错了路，跑去东海了，没能见到阿慢。15岁和20岁时，苏拉又来看望了阿慢两次，这两次它比较小心，没有走错路，登上了南方大陆，却没能见着阿慢。这件事情苏拉事先没有告诉阿慢，阿慢不知道苏拉来看过他，他离开南方大陆去北欧念书了，因为不知道，也没有机会问苏拉是不是生他的气。所以，阿慢和苏拉虽说同龄，此前并没有见过面，不算旧识。

二

说说阿慢的前史。

阿慢出生在南海边原住民家庭，小时候他不在阿爸阿妈公公婆婆身边长大，那些年，靠押地改变命运的长辈们从盖楼收租转型代工仿机再转型PE私募，像快速崛起、急于建功立业的集团军，各自应付着一个战场，顾不上阿慢，把阿慢交给惠州的舅舅代养。阿慢长大的过程中，原生家庭不断分解重组，公公为挽救行将破裂的家庭，带着婆婆去了吉隆坡，阿爸阿妈分别二婚和三婚，新家庭越来越复杂，最早的家却没有拆开，仍然保留着。阿爸阿妈交际密切，隔三岔五会约着回到早先的家，坐在宽大的露台上，看深圳湾上空云卷云舒，喝茶聊人生，离开时互相给对方打气。

阿慢当然看不到这个温馨场景，他没在那个家正经生活过。阿慢6岁入寄宿学校开蒙，14岁到图卢兹完成两年联读学业，17岁转到瑞士南部的洛桑读书。四年前阿慢从洛桑酒店管理学院毕业，回国后和同学阿星合伙投了一间旅行设计公司，做私人旅行方案定制。那会儿湾区市场好，阿慢是精准目标、兴趣细分和专属服务专家，创下过信仰混乱客户"行修游"后找回迷失的灵魂、"分手游"情侣旅程中自主怀上宝宝的公司最佳回访纪录。

旅业是阿慢自己的选择。阿慢一直在猜测阿爸阿妈的关系，他相信生活可以定制，而且他已经证明了这个，比如他践行的找回信仰和弥合分手这些案例。可惜，事业刚刚有了点起色，病毒就来了，人们躲进家里不出门，公司开了三年多就倒闭了。阿慢欠着银行贷款，躲不了病毒，本着客家人"患弗得闻，患弗得学，患弗能行"的族训，既已学成，就不再向家族伸手，阿慢没有向阿爸阿妈求援助，自己想办法走出困境。

三

去年底大感染暴发，丧事行生意火爆，业务量疯涨，平台到处招员。阿慢不怎么爱说话，小时候跟舅舅唱过潮剧，音强稍差点，音高、音值和音色条件都不错，这样阿慢就入了行，做了一名哭丧师。刚开始阿慢不太熟悉专业，活干得磕磕巴巴，客户给钱时多少有些意见，但他共情态度好，肯跪肯磕头，坚持下来了。后来，平台渐渐不大给阿慢派活了，把他晾在一旁，沟通了几次才知道，活生倒在其次，是阿慢的声音犯了大忌，逝者家属嫌他哭唱声阳气过足，担心逝者眷恋阳世不肯离开，耽搁了去往生的旅途，平台顾及声誉，活再多也不敢用阿慢，这样阿慢就失业了。

四月份甲流席卷城市，人们像得到冲浪机会的孩子，欢天喜地迎接甲流。阿慢又找到了新工作，这次他进了一家海产食品公司，做了一名螃蟹去壳师。螃蟹去壳师的工作说难也不难，蟹子开壳，去掉内脏、蟹鳃和排泄物，卸下触角和脚梢，快速取出蟹肉，程序讲究行云流水，保持蟹肉的鲜美，不能伤及蟹肉，阿慢很快掌握了。可是，流程的第一步，要用去壳刀戳进螃蟹的两眼间，致螃蟹假死，然后再掀开蟹壳。阿慢在这个步骤会犹豫，人家一个工日卸四十来斤蟹，他只能卸二十来斤，这叫输在起跑线上，计件工资高不了，勉强干了三个月就干不下去了。

工作不好找，阿慢不让自己泄气，有过丧事行和海产品行失败经历，他在选择新职业时做足了功课。他仔细研究了宅居时代人们的生活规律，疫情火了几个行业，跑腿是其中一个，接着他研究了跑腿公司的业务，决定应试行业翘楚的 Hello 公司跑腿员。

应聘 Hello 公司的大多是年轻人，阿慢年龄偏大，他站在一位罕见地扣着衬衣最上面纽扣的人事专员面前，有些拘谨。后来阿慢知道，那位专员姓吴，是从国外名校回国的理论物理博士，回国后在两所大学任过教。吴专员口气平静地告诉阿慢，海外名校毕业什么都不是，阿慢身后那些国内名校毕业生比他小三四岁，拥有足够把他挤进旮旯角的内部竞争资格。吴专员要阿慢只回答一个问题，怎么看待帮助人们延长生活能力这件事情。阿慢想了想说，找到失去或者躲藏起来的人生。人事专员看了阿慢一眼，说把人生去掉，你被选中了，然后告诉阿慢，自己在两所大学预聘期中过了论文和课时考核，却被课题考核拦住了，没有获得长聘，鼓励阿慢尽可能为自己积攒业务量,以便在业绩考核中留下来。

即使有吴专员的鼓励,习惯了悄无声息地生活,对兴风作浪没有把握的阿慢并不放肆,考虑到职责风险,在填写 Hello 入职表时,他没有选择业务量看好的"照顾缺乏自理能力的残障者"和"照顾独居老人"两块业务,也没有选择责任重大的陪护、代驾、接送、调查、看管物品和看护物业业务,而是在代购、代取、代办、代缴、代发、代排队、代道歉、送礼、陪玩、婚庆和捧场业务栏中打了勾。

阿慢还是把事情想简单了。

四

八月中旬,阿慢入职 Hello 跑腿公司,头三天培训,第四天上岗,接下来的一周他接了三单活,两单没续上,一单干砸了,业绩表现不好,公司让他坐了十天冷板凳,然后给他派了新工作。

阿慢接到的第一单活是照料宠物。客户是位荣休的老教授,教授的儿子四十多岁,是一家上市公司高管,奉行不婚和无子,养宠物,工作忙照顾不了,把内地的鳏夫父亲接来做监护。宠物两个,一只比芝麻还小,要用放大镜寻找的蜗牛,一只器宇轩昂的清远公鸡。蜗牛有个怪名字,叫粪先生。荣休教授眼神不好,看不见粪先生,可公鸡看得见,总想着法子吃掉粪先生。荣休教授拦着不让吃,公鸡就啄老教授,手上啄出几个血疙瘩。荣休教授的儿子拿粪先生和清远鸡当宝贝,荣休教授不能处罚鸡,更不能让鸡把蜗牛吃掉,折腾了一段日子,哮喘病犯了,血氧也不稳定,只好向 Hello 求助,要和公司签一项长期战略协议。

阿慢按地址找上门,套上鞋套,进屋后按事先温习过的方案去冰箱找出一堆食物,喂红着眼到处搜寻蜗牛的清远鸡——专家说,鸡吃饱了就不惦记野食,就算啄两下也是游戏,不会真的吞进肚子。谁知清远汉子不上当,喙了两下大米蔬菜和发泡过的海虫就走开了,去继续寻找蜗牛,可见动蜗牛的念头与食物无关,属于宗教认知下的执念。阿慢启用第二套方案,冲着清远汉子嘶嘶学蛇叫——专家说,鸡害怕频率单纯的声波,即使不望风披靡,也知道战场形势改变,自己已经不是控局者,会收起造次。谁知阿慢嘶嘶着,清远汉子紧张地瞪着他,一点点乍立起颈羽,扇开翅膀朝他扑来,幸亏阿慢有防备,躲开了,免除了一场工伤事故。

专家提供的方案用不上,阿慢只能行缓兵之计,小心把芝麻粒大的蜗牛请进硅胶食物盒里,高高举在头顶,先安顿老教授服下塞米松和安神补脑液,扶他去卧室休息,再来照顾二位宠物先生。

"鸡你可以叫先生，粪先生不是先生。"荣休教授喘着气在床上躺下时告诉阿慢，"蜗牛是雌雄同体，粪先生是它的学名。"

阿慢脸红了。之前他还想，都是先生，犯不上性别歧视，干吗非闹得你死我活？阿慢把雌雄同体的蜗牛和清远汉子分别隔离在客厅和宠物室，自己守着蜗牛，隔一会儿去看看床上的老教授和宠物室里气急败坏兜圈的清远汉子，再回到客厅守着冥想状态中的蜗牛，这样一直等到子夜时分，不婚兼无子主义者进门，仔细询问了两个宝贝的情况，签过用工单，阿慢才精疲力竭地离开。

第二天早上公司告诉阿慢，荣休教授的长期战略协议没有签下来，他儿子对非血缘监护人不放心，就算老教授愿意拿出养老金来请人照顾两个非族类孙子，儿子也不同意。

五

公司很快给阿慢派了第二单活，这次是给人做玩伴，交代了客户情况，三十多岁，大学毕业七八年，一直待在家里写诗打游戏，那天和家里闹矛盾，第N次自杀未遂，提出的调解条件是组团玩"反抗"，家里答应了，公司不缺这方面的人才储备，考虑到阿慢刚入职，需要拉积分，活就派给了阿慢。

阿慢按约定时间来到客户家，进门就尬了。客户住四居室复式楼，父亲住一间，大学生和母亲住一间，另两个房间空着。母子俩的房间，色调是艺术生风格的夜幕蓝，墙上挂一面黑色海盗旗，四周银河状挂满母亲各个年龄段照片，家具是让人犯困的月光蓝，无忧无虑的双层床上两床同款鸭芥末黄空调被，屋里弥漫着淡淡的护体乳气味。阿慢站在门口，怎么都下不了决心走进去。

"能不能去空着的房间？"阿慢征求大学生的意见，"别把你房间弄脏了。"

"'你的到来，使坟墓似乎不再安宁。'意大利诗人萨巴写的，说的不是你。"大学生像UNHCR组织新晋官员，表情茫然地对阿慢说，"我从不去别的地方，不喜欢。"

俩人玩了一会儿《王者荣耀》，其实大学生没有什么怪癖，玩得安安静静，即使开黑也不拿粗俗语骚扰阿慢，只是判断老失误，节奏跟不上。阿慢坐在阴气十足的母子间里，老是忍不住打寒战，感觉过敏症都要犯了，又要考虑大学生的体验感受，走投无路，问大学生想不想换火爆点的游戏。大学生不执拗，说那就陪阿慢玩《逃跑吧少年》。阿慢不喜欢萌系画风的游戏，看大学生的积分刚过青铜，没打算友好，伪装道具轮番上，爪箱炮盾搭配，模式不断增加，想冲冲阴气。阿慢不觉得大学生会有快乐体验，可大学生心态相当稳定，除了唠叨要冲值上皮肤，没有嫌阿慢虐他，好在这款游戏不会掉段，阿慢心理负担倒没有那么重。这样玩下去，母亲惦记儿子，点芒果黄桃比萨托快递小哥送来，大学生嫌腻没吃，阿慢吃了两块，压阴魂回绕的护体乳气味，接着再玩，坚持了七个多小时，走时签单，阿慢连小费入账二百多。

接着两天，大学生连续下单，明显对阿慢满意。因为是季节市场，公司和客户谈，希望相对固定时间，大学生母亲嫌家里有生人来留下异味，本来有一单没一单也能忍，固定就不干了，决定另想办法安慰儿子，单没签下来。

公司没让阿慢闲着，给他派了第三单活，替一位女性宠物食物品尝师向恋人表达歉意，属于情感跑腿业务。见到客户半分钟后阿慢就知道，矜持的委托人没有把业务背景交代清楚，她不是因为忙着跑新产品推介会放了恋人鸽子，而是一个月放了恋人11次鸽子，因为工单是公司在平台上派发的，阿慢事先准备的道歉词完全用不上，临场应变方案一时改不过来，不但没签下回单，还差点被愤怒的恋人摁在地上胖揍一顿。

客户不满意，投诉了阿慢，阿慢挨了批评，坐了十天冷板凳。阿慢私下咨询招他入职的吴专员，自己的问题出在哪儿,从吴专员那里得知,委托人职业是宠物食物品尝师,要研究市场上超过一亿客户对每年数千种新上市主食、零食、饼干、罐头和磨牙棒不同的体验,委托人吃狗粮的目的是让众多的宠物爱吃,做这优秀的职业人,当然不能只钟情于一个宠物,实际上委托人的恋人只是宠物中的一个,委托人时间管理不过来,放鸽子是常态。结论是,公司在法律上不能与委托人签署同谋关系协议,委托人隐瞒职业特殊性、幸福体验和复杂心理机制,公司默认并尊重和保护委托人的权益,阿慢这一级跑腿员无权分享公司大数据,作为员工的阿慢只能接受教训,积累经验,不断学习,提高业务能力。

"习惯在别人的生活中建立你的生活,"吴专员意味深长地对阿慢说,"你的未来会好过很多。"

六

十天后,阿慢复工,新单是份要件,业务主办专门约阿慢线下谈。客户Z是知名导演,拍过爆款剧《共和之路》《天若有情天亦老》。有一天,Z导站在银杏树下,抬头看了一眼渐黄的树叶,突然觉得心气不足,想到应该给知秋的生活做善后准备了,这才发现不知道自己的档案丢在哪里了,总之记不起来,没有档案就办不下很多手续,迈不进冬季。Z导是专业控,除了会说

"Action"和"No Good"之外,其他事情一头雾水,于是委托Hello公司替自己找到档案。

业务主办告诉阿慢,Z导不是充大牌,也不是档期忙不过来,而是对自己的档案态度复杂,他知道有那么个东西,里面装着他的身份、学历、履历、组织关系一应材料,还有奖罚、告密和征信纪录,人们想连兜带泥了解他,打开档案就知道了,他自己却没有权利看,他觉得这样的档案陌生得很,讨厌得很,不想老了再沾上一手,索性请人代办。业务主办特别交代,客户是公众人物,公司很慎重,给阿慢配了个搭档,要求他俩把活干好。

公司技术跑腿员工不少,涉及财务代理、理财专员、海关关务、工商注册、法律顾问、美术设计和文件翻译,阿慢不过是劳务跑腿,不明白怎么会派这样的单给他。前三单活干得不顺,这次阿慢慎重,回家仔细研究了单子,得出结论,派他接这单活并不是他有什么能耐,能承担夺宝奇兵工作,而是这份单子可能会旷日持久,追求效率的员工不肯接,这才派了他。阿慢不能嫌弃公司的安排,看了两遍担责条款,没有看出问题,在平台上和公司安排的搭档约了时间,俩人在他住的公寓楼下星巴克见了面。

搭档叫奉小窗,是个女孩,和阿慢差不了几岁,生着一双无辜的杏眼,一绺头发在脸颊上晃悠,看上去傻傻的。俩人一聊，原来都是宝安原住民，阿慢是客家，奉小窗是广府，祖上都有几百年迁宝史。而且俩人都在国外读过书，奉小窗读的是麦吉尔大学，专业非常拗口，幼稚园与早期教育。阿慢问奉小窗幼稚园与早期教育是干什么的。奉小窗嘬着咖啡想了想，回答说不知道，反正和家里闹了矛盾才跑去蒙特利尔，大学三年什么都没学，就谈恋爱了，谈得要吐。她这种情况，学士学位到手就赶紧回家向阿爸阿妈宣布休战，续一年就能拿到的荣誉学士学位也没要。

"本来就不是为那个去的，能完整回来就不错了。"奉小窗的口气不带丝毫共情成分，身子前摇后晃得厉害，差点儿把咖啡泼洒在阿慢的双肩包上，"我们学校超烂，不过，总比万州烤鱼学院和潜江龙虾学院强。"

说到俩人的工作，奉小窗一副和阿慢同搭这件事情与她无关似的，阿慢和她讨论了几句她就不开口了。阿慢觉得可能奉小窗入职不久，说不出什么，这么一想底气就足了。也不怪阿慢，北纬22°27′—22°52′的深圳，女孩子大半时间穿裙子或短裤，阿慢不想看奉小窗的短裤装也没办法。奉小窗身材娇小，皮肤紧致，小腿像挺拔的柠檬桉树，相当结实，拥有如此曼妙的小腿，有足够理由期待她在奔跑时超过羚羊，这让阿慢对接下来的工作有了乐观预想。不过阿慢还是问了奉小窗一个有点不成熟的问题。

"你有档案呀?"阿慢问。

奉小窗用不可置信的神情看阿慢。她看他的眼神像贴着河面飞翔的石子,击打出一圈涟漪,然后下沉,消失不见了。

阿慢想到答案了,奉小窗没有档案,或者说她不知道自己有没有档案。阿慢印象里自己没有Z导那样的档案,没人告诉他有没有,他也不知道他有过它,他的个人信息在手机芯片里,他带着它到处行走,谁需要就出示给谁,他们这一代都这样。这么说,他们在找一个古老的家伙,确实在做一件重要工作。这样一想,阿慢就对这份工作有了一些小小期待。

俩人分工,阿慢查找Z导档案下落,奉小窗弄清楚提取档案的政策和渠道,一旦找到档案,俩人就做海豹突击队,快进快出,提出档案,安全押解回公司交差。

七

今年夏天特别热,阿慢查了一下,伯克利地球组织已经发出警告,今年是有温度记录以来最热的一年。阿慢当然不会给自己放假,他走了五条途径,花了三十多个小时,弄清了Z导档案的去向。Z导不光拍剧多,行走江湖时间也长,他原来是A机构的职工,离开A机构几年后原机构倒闭,档案在资料室放了几年,Z导是少数几个没来办理档案迁走关系的人之一。又几年，国资委成立B机构统一接管僵尸国企单位，Z导的档案转进了B机构。又几年，完成统管和重组任务的B机构撤销，善后事宜连同未消化的档案转到C机构，由C机构负责保管处理。又几年，C机构装进某国企上市公司壳内，整合条件包括清除离职人员档案在内的负面内容，C机构托管的档案交由政府人事部门托管，也就是说，Z导的档案如今在政府人事部门手上托管着。

事情说起来有点复杂，不过学旅业管理的阿慢并不觉得挠头。他汇总ABC机构情况，连同政府人事部门信息一块传给公司和奉小窗，便于公司法务部与Z导商量授权书的事，奉小窗按路线打听提档途径。接下来阿慢就等着公司和奉小窗的回复，然后拿着Z导的授权书去政府人事部门查找和提取档案。

业务指导的回复函很快来了。15分钟后一份，半夜1点21分另一份，阿慢能想到内容是什么，路线图清清楚楚，无非是批个意见，老实说这类指导他也能做。Z导的授权书第三天上午快件送达，原件留在公司，阿慢拿到电子件。倒是奉小窗那边，一直没有反馈。

又等了一天，奉小窗还是没有消息，阿慢忍不住在微信里敲了一下奉小窗。奉小窗半天回了两个字，干吗。阿慢也发了两个字，Z导。又过了半天奉小窗才回，内容莫名其妙，说她在深圳湾守着几只卷羽鹈鹕发呆,等黑脸琵鹭,如果黑脸琵鹭今天不来,她就不准备回家。

阿慢知道遇上糟糕搭档了,哪有活不干去海边守黑脸琵鹭的,看来她不是羚羊,做事情远不是拖延症可以解释。阿慢不想造次,侧面向吴专员打听奉小窗的情况,很快知道,奉小窗不是什么新来的员工,她是疫情最紧张时入职公司的,而且入职后只接一种单,给急需药品又不能出门的患者买药,这类订单要去客户手上拿医保卡,到医院挂号,等医生写处方,再排队交费拿药给客户送去,每个点都是感染源,这事以后没人提及,当时可是往囚牢里送救命药的英雄,自有一份骄傲,奉小窗干了一年多,如今仍然只接这类单,论资格比阿慢老出几成。阿慢感到惊讶,立刻对之前自己在奉小窗面前装资历的事感到脸红,心想找机会一定要给她赔不是。

这么等着,阿慢心里没底,用口哨吹布洛赫的《所罗门》也找不到答案,晚饭后他给奉小窗留了言。这次奉小窗很快拨视频过来,她在吃饭,嘴里嚼着米粒兴冲冲问阿慢,看了她朋友圈视频没有,黑脸琵鹭没来,东方白鹳来了,二十多只落在红树林边,有了它们她就原谅深圳了,现在她在家里啃盐焗鸡,没去别的地方野。

阿慢调出奉小窗朋友圈图片看。照片拍得不怎么样,要不说东方白鹳,他还以为是一群农场里跑出来的大鹅。俩人说了一会儿涉鸟的事，话题转到奉小窗身上。阿慢表达了对奉小窗疫情期间接药单的敬佩，不过他不明白，这类单没有四五个小时跑不下来一单，特别没有效率，现在囚牢打开了，她何必死守这类枯燥又不挣钱的单。

"你傻呀，买药个个程序都要等，快不起，我有时间发呆。"奉小窗啃着鸡爪，也不知道她和它谁纠缠上了谁，反正两下里都有点狠劲儿。

"发什么呆？"阿慢还在搭档是民间英雄的思路里，没听懂。对方之前说和卷羽鹈鹕发呆，现在又说发呆，和守药品单完全不在一个逻辑上。

"没什么啦，就是想，我为什么是奉小窗，不是别人。"

阿慢没想到是这个理由，不过他能理解。有时候他也这样，喜欢琢磨点事，那些事并不一定是他自己，有着各自的源头，他也说不清楚。只是阿慢和奉小窗不同，奉小窗与家庭的冲突能化解，严格说他没有家庭生活，阿爸阿妈离婚再婚再离婚，他不在他们身边，没有受到什么影响，日子是养成，但如果问他是自己还是别人，他也回答不出来，好像真正的自己一直躲在什么地方，他不知道。这么一想，他觉得自己和奉小窗好像有那么点一样。

阿慢这么想，没再问奉小窗别的，比如她不赚钱怎么养活自己。他没那么笨，那天在星巴克见面，从奉小窗右脚踝上那条价格超两万的messika链子、非皇朝即墨子作品的肩头玫瑰刺青、家里闹了矛盾才跑出去读大学、谈恋爱谈呕吐了回家宣布休战这些信息就知道，她家没有破裂，也没有破产，只要不想当王来春和孟晚舟，她不需要挣钱养活自己。

奉小窗好像感觉出阿慢的心思，说她替人代购药纯粹出于不喜欢拿家里钱时那份生硬，又应付不来人际关系复杂的工作，代购药公司除了配送费，对特殊人群的"急难愁"订单还有额外补贴，客户也有小费奖励，公司规定小费上限一百元，有客户等急私下会多一点转账，可能公司暗中查到她拿了超额小费，不过订单做多了，医院和药店会直接通过系统联系她，公司不想事情漫延到社会上，才把她调离开让她给阿慢做搭档。

"反正我没主动找人要过小费，我不在乎，公司开了我再去其他地方。"奉小窗说，"我也不是不能做别的，我替人遛过狗。"

"这样啊。"阿慢脑子里冒出那位吃狗粮的委托人的事，又冒出奉小窗和一只狗在海边守着一群涉鸟的情景。

"我以为狗狗比我通情达理，哪知它们是一些精力旺盛的家伙，只顾放飞自我，不是我遛它们，是它们遛我，一秒钟发呆的时间都没有，还是代购药品好。"奉小窗嘻嘻哈哈说。

俩人正说着，奉小窗突然有些不快地说她要下线了。"他们来了。"她说。阿慢在视频背景上看到一男一女两个中年人，俩人穿得很讲究，女的亲昵地叫着奉小窗，男的朝这边看了一眼，好像有点不情愿过来，视频就挂断了。

阿慢收了手机，去给自己取了一瓶水，启了瓶盖，心想发呆是什么感觉？"他们来了"是什么感觉？

八

阿慢很少和父母见面，偶尔见也是匆匆一面。有一年的一个周末，阿爸突然出现在阿慢寄宿的博罗中学，和学校商量请两天假带阿慢外出旅游。那次没有阿妈，也没有阿爸的司机打点行程，阿慢背着双肩包，拎着阿爸的Roam旅行箱，阿爸没问阿慢想去什么地方，也没和他商量去哪儿，他们坐动车去了泉州。阿慢不知道为什么是泉州。他们在泉州待了两天。说不上玩，阿爸拿着手机定位林路大厝或者圣墓，他跟得紧紧的，免得阿爸在人群中认不出他，俩人没有什么话，到了地方，阿爸东张西望看两眼，然后无趣地叫车离开。

返回惠州那天早上，父子俩去街上早点摊点了两碗肉燕。阿爸给了阿慢一张银行卡，说里面的钱是你以后读书用的，自己保管，然后突然问阿慢有没有女朋友。阿慢愣了一下，摇头说没有。

"对女人要小心，佢哋收唔住心，唔好畀佢哋逃走嘞。"阿爸喝了一大口烫嘴的肉燕汤。

阿慢不懂阿爸为什么说这个，反正点了点头。他才十四岁，不知道拿女朋友来干什么，不过他见过三个同父异母和同母异父的弟弟妹妹，他觉得自己和他们长得一点也不像。他当然不会告诉阿爸这个，他想要不要告诉阿爸，肉燕口感滑嫩弹脆的原因，是它的皮制作讲究，要猪后腿精肉搭配薯粉，用木棍反复敲打成肉泥，擀成薄纸状，再包上馅，他想，阿爸要是知道了这个，会不会让自己讲究一点，包住阿妈。

那是父子俩唯一一次一起外出。以后父亲就失踪了，再也没有出现。又过了几年，阿慢才从一个妹妹那里知道，带他外出旅游那一年，阿爸破产了，欠了很多钱，他是阿爸人间蒸发前最后见过的亲人。

九

阿慢给自己做了晚餐。他把米酒腌制好的牛肉在油锅中稍稍汆过，烫好的芥蓝用沙茶酱蚝油和白糖炒香勾芡，切了只熟透的番茄，和汆过的牛肉盖在五分钟前跳闸的白饭上，一份沙茶牛肉饭就做好了。正吃着，同学阿星打来电话，说国内游放开了，旅业开始恢复，他打算做回本行，问阿慢要不要继续在一起。阿慢心里狠狠动了一下。他还是想做帮助人们找回信仰，帮助分手的情侣怀上孩子这种事情，可他欠下的贷款没还清，一时半会儿筹不到资金，他对阿星说，你先做吧，我再等等。

和阿星通完话，阿妈的电话打了进来。阿妈在电话那头说了些她在奥克兰的事情，又说了明年新西兰大选，移民政策有松动，问阿慢要不要借这个机会办移民，中介费她可以帮他出。阿慢不想去新西兰，他回到出生地没几年，他还是想在出生地生活。阿慢在脑子里很快过掉把阿妈当成筹钱渠道的念头，她和现任丈夫在分居期，他不想给她添堵。

阿慢吃完饭，洗过碗筷，同时理清好头绪，他打定主意不计较分工的事，耐点烦，和奉小窗一起去提档案，干完这件事说拜拜就好啦。

阿慢在线上约了时间，按约定时间叫上奉小窗去政府人事部门办事厅拿了号，等叫到他们的号，办事员轻车熟路，很快查到Z导档案记录。办事员问自提还是寄达。奉小窗说寄咯。阿慢担心邮路出问题，说自提吧。办事员让两个工作日后来取件。

两天后，阿慢和奉小窗按约定去办事厅取档案，结果没取到档案。他们被告知，Z导的档案不在资料库里，电脑记录上有，名目清清楚楚，但查遍了实物没有查到，也没有人曾经提过的记录，分析了一下，应该是移交环节出了问题。阿慢有点发蒙，问了几句，没有得到更多解释。奉小窗心不在焉，悄悄拉阿慢的衣摆，在他耳边小声问，你睡觉的时候要不要戴睡帽？阿慢没听懂，回头看奉小窗。大厅里电子提示声叫下面一位的号，奉小窗突然没了兴奋，说不剧透了，就不说了。

俩人赶回公司汇报了情况。业务主管和Z导助手视频时，阿慢和奉小窗在一边旁听。Z导助手有点不耐烦，说这个我不管，事情委托你们了，你们把档案交给我就OK，别的不用给我说。业务主管处理过几桩此类事，业务员取件时对方不给，提出刁难条件，或者取回的物件有残次情况，委托方不接受录像和拍照证据，但这件事不同，人家说得在理，合同是一揽子责任，没有约定档案不在怎么办这个条款。Z导是重要客户，事情不能丢给法务部处理，业务主管含混地交代阿慢和奉小窗，再找找看。

俩人从公司出来，天色已晚。阿慢准备坐地铁回家，想到跑了一天，奉小窗也累了，就叫了辆网约车送奉小窗回家。奉小窗站在琉璃青的哪吒U前不肯上车，说你就不会叫绿色自动门的D1吗？等上了车也不跟阿慢说话。阿慢讨了个没趣，奉小窗下车后，他在软件上查查，客人果然可以约定车型，而且确实有浮萍绿自动门的D1,只是他不明白梗在哪儿。

第二天阿慢没叫奉小窗,自己跑了一趟政府办事大厅,有意选择了另一个办事窗口,结果档案确实找不到。路明显堵死了,工作没法往下做,阿慢出了办事大厅,站在马路边冒着炎炎烈日给公司写报告,要求中止这单活。报告刚写完,电话响了,是办事大厅第一位接待他的办事员打来的,说知道他刚去复查了档案下落,她想了想,如果没有丢失或恶意销毁,档案可能在入库登记时处于信息和实物分离状态,比如实物夹在非负面人员档案中了,到下一级托管部门的只有信息,好比一个人,名单上有姓名,但人没见着。她让阿慢记下Z导演的档案编号,HLG-1998-SX11-333121,建议阿慢沿着档案的来路查查,她会给前一级机构发协办函,阿慢凭Z导的委托书去办理手续,需要人事部门出面时他会得到支持。

阿慢谢过办事员,觉得自己简直是挂科生,这么简单的事情都没想到。他立刻给奉小窗发了信息,通知她下午继续上工。

十

C机构装进的那家上市公司办公大楼很气派,员工穿着也很正规,不像阿慢和奉小窗,衣着清凉到居家,但阿慢和奉小窗并没有取得收获。公司记录中没有 Z 导演档案的痕迹，说明 Z 导演的档案确实属于公司上市时拒绝接受的负面资料，公司按规定没有接受。

俩人从大楼出来，阿慢躲在深南大道的树荫下打电话联系 B 机构。B 机构已撤销多年，原来的办公电话如今由一家剧毒化学品储存站使用，接电话的人不高兴，让阿慢不要乱打电话，他们是安全部门，再打就报警追查 ID。阿慢接着给 B 机构所属的国资委打电话。国资委没撤销，也没不高兴，答应第二天接待他们。

第二天一大早，阿慢和奉小窗按约定时间去了国资委，分管这件事情的阿姨挺帮忙，耐心帮着找档案，很快查到 Z 导演档案当年的记录，不过，档案来自 B 机构，去往政府人事部门，有来处有去处，国资委只是中转站，原件不在他们那里。

从国资委出来，阳光烈得邪乎，奉小窗说她饿了。阿慢看奉小窗摇摇晃晃的样子，不忍直视，说我请你吃肥牛滑蛋饭吧。奉小窗可有可无地跟着阿慢来到摊档，等阿慢付了两份饭的账，奉小窗才说自己不吃快餐。阿慢有些尴尬，他原来也不吃快餐，公司在时他有公务餐，现在控制生活费，觉得二十二块钱的快餐挺好。阿慢说总不能饿着吧。奉小窗朝一旁的奶茶店努了努嘴。阿慢懂事地去给奉小窗买了杯奶茶，这回问明白忌口，没买错。

俩人吃着饭，阿慢征求奉小窗意见，接下去怎么办。奉小窗盯着阿慢看，嘴里咕噜咕噜吮吸着奶茶，两颗虎牙碰着吸管，不说话。阿慢心里咯噔一下，觉得自己是奉小窗牙边那粒漏网的木薯粉珍珠，再不找到档案，就命悬一线了。

俩人分手后，阿慢没急着离开，进了一家商场，借冷气刷程序。路径没错，上一级目录和下一级目录清楚，找不出问题出在哪儿，他只好把先前写好的报告发给了业务主管。业务主管秒回，不问缘由，说了一通跑腿是特种兵之类的大话，意思这份单程序没走完，要继续走。这是实话，沿着Z导演的档案路线走，还有A机构没查，A机构倒闭多年，没有尸首，但不等于魂魄也消散了。

阿慢磨磨蹭蹭返回公寓，上了楼。他有些好奇，不知道Z导演的档案里装了些什么，有没有不能见诸人的内容。他算了算，Z导演和自己的档案分开有27年了，档案里会不会有些内容已经死了，又生出一些过去没有的内容，不再匹配Z导演，所以才不见了？阿慢决定接下来不再麻烦搭档，他去找那些魂，最好它们还在这座城市里，别散掉，他一个一个找，总会有人记得当年的事情吧。

这两天打车买双份饭，阿慢处于透支状态，晚餐他吃得很少。本来想给自己做份干炒牛河，但他有一种预感，不管这单活结果怎么样，他在Hello的业绩拉不起来了，能不能干下去不好说，于是他把解冻的牛肉放回冰箱，给自己烫了一碗河粉，加了只蛋。

十一

接下来的几天，阿慢在城市的荒原中寻找Z导演档案的灵魂。A机构早就不存在了，阿慢使用了一些科技手段，整合出一份A机构当年员工的名单，开始早出晚归，按名单一个一个地找名单上的人，希望他们能提供Z导演档案最后去处的信息。在变态的厄尔尼诺天气中，阿慢顶着烈日在地铁和形状各异的建筑中奔走，每天要补上十瓶水，不然会被超高的高温天气烤化。他觉得自己在破解上个时代已经消失的秘密，因为如此，他必须培养这个时代难得的淡定和耐力。

阿慢陆续找到了名单中的大部分人，其中十几位离开了这座城市，好几位离开了人间。找到的那些人，他们不知道Z导演档案的去处，但知道自己的档案。和Z导演一样，他们没有见过自己的档案，只知道它们在某个地方，由某个机构管理和使用着。阿慢觉得这件事情很蹊跷，人们有一份终身跟随的档案，档案里装着他们的原始历史记录和情报资料，但他们从来没有见过它，好像他们和自己的档案不属于对方，这是件古怪的事情。

开始几天奉小窗没有消息，可能她在发呆，呆还没发够。直到阿慢划掉了名单上的第29个姓名时，奉小窗才在微信里冒了个泡，说这些天她太累了。阿慢正在地铁上查名单中下一位要找的人，他问奉小窗怎么把自己搞那么累。奉小窗说她刚谈了场恋爱，是和一个软件，最后选择了分手，她感到心灰意懒，生无可恋。阿慢随着人群往车下挤，一边问为何分手，不能好好相处吗。奉小窗说她也这么想，可惜软件没有碳基身体，哪怕TA只长一只脚，他俩脚趾搅和在一起，就算坐在那儿一句话不说，各玩各的手机，她也干。奉小窗说她想明白了，她还是喜欢贴贴抱抱举高高那种庸俗的爱。阿慢冲上马路，正在打算鼓励奉小窗别放弃，奉小窗那边头尾不续地挂断了电话，一个字也没提Z导演档案的事。

阿慢收好手机，穿过花园小道，冲进一栋大楼去见名单上的第30位人。他想起阿星打给他那个复工电话，如果能做回原来，他想弄清楚幼稚园与早期教育到底学些什么内容，然后做奉小窗的客户经理，为她定制一份改变发呆习惯的旅行方案。他确定奉小窗被困住了，而且困得厉害。他觉得只要放弃等药窗口，不在任何地方坐着发呆，奉小窗还是会打起精神，生有可恋的。

阿慢那么想，下意识地看了看手表，时针指向8月24日下午2点，然后他走出了电梯。

十二

现在该说到苏拉了。

不知道是不是阿慢寻找Z导演档案这件事情让苏拉感觉到了，8月24日下午2点，苏拉出现在菲律宾以东洋面，它在海面百无聊赖地游荡了两天半后，突然想要看望阿慢，于是它生成为超强台风，那以后有一段时间它有点犹豫，不知道是否又会扑空，一度减弱为强台风，不过没过多久它下了决定，再度增强为超强级别，以百米两秒的速度向中国南海奔来。在苏拉身后还有台风海葵和鸿雁，它俩也是和阿慢苏拉同年出生的，但它俩只是随便逛逛，没有什么目的。海葵朝一路狂奔的苏拉喊，嘿，你去哪儿？要不要我们一起？苏拉没理海葵，眨眼跑远了。海葵觉得没意思，就去了别的地方。

阿慢是在9月1日才得知苏拉来了。那两天他正在寻找名单上最后几位。接到手机里突发事件预警信息时，全市已经停课、停业、停市和停运，阿慢不知道苏拉是谁，上网查了查，看到苏拉名字时他心里动了一下，也想不出为什么会心动。

阿慢抢在下午五点地铁停运前上了最后一班地铁，回到住所，在公寓楼下买了些食物，上楼关好门窗，检查了水电。他饿坏了，想给自己做点好吃的，可半个月一分钱进项也没有,他只能给自己煮碗牛杂粉。

接下来的事情有点蹊跷,阿慢找不到料包了,没有料包怎么能做牛杂粉呢?阿慢把火关上,站在厨间里没动,一点点灵魂出窍。阿慢想到消失的阿爸,他的童年、少年和曾经的公司,它们都消失了,不在原来的地方。然后他想到Z导演的档案,它不在C、B、A机构中任何一家资料室里,而是躲在一个只有它自己知道的地方,他就是在那个时候意识到什么的。阿慢闭上眼睛,想象阿爸、他的童年和少年、Z导演的档案,他和它们一个个从他面前走过,他们当中隔着一张薄薄的纸,他看不见他和它们。阿慢慢慢举起手里的筷子,把筷子慢慢伸出去,然后睁开眼睛。如果不算空气后面的瓷砖墙,他面前空无一物,他什么也没有戳到。

苏拉一整夜都在屋外的大地上跑来跑去,大声叫喊着找阿慢。阿慢不知道苏拉是在找自己,他把自己裹在空调被里,蜷成一团,睡得很不安稳。

第二天早上阿慢很早就出了门。他没进电梯间,而是走逃生通道下楼,警惕地控制不与其他人见面。在通过公寓大堂时,他拉上雨衣帽子,让帽檐遮住半个面孔。走出公寓大楼后,他看见街头的大树被吹倒了很多,看见流浪猫阿火从凌乱的花圃的盆架树伞盖下探出脑袋看他,他俩关系一直不错,阿火昨晚肯定吓得不轻,但阿慢没有停下,也没有和阿火打招呼,装作不认识地匆匆走了过去。

阿慢在公寓楼下的星巴克门前站住了。奉小窗挡住了阿慢的路。她穿着防雨冲锋衣，双目炯炯地站在那里，像决定抵御台风的英雄，两条不可方物的长腿不合时宜地分开半步杵立着，一副拳击手找好了重心准备揍人的架势。她背后有一幅被狂风吹掉一角的公益标语，写着"真诚友善关爱他人"之类内容，看上去特别不协调。

"阿慢，你个叛徒！"奉小窗仇恨的脸上挂满雨点，几乎是用全身力气冲阿慢喊叫。

阿慢不甘地撩起帽檐，露出眼睛。奉小窗不是阿火，不是公寓楼里的住户，他们之间没有那张薄薄的纸，就算他能躲开所有人，也没有可能从她面前逃开。但他决定不理会她。

"你能不能不吼我？"阿慢平心静气地看着奉小窗说，说完快步朝地铁站走去。阿慢说的是真心话，她那样的坏脾气并不可爱，就像她的智齿，再痛也得拔掉。

"你能叫辆滴滴吗？那种绿色自动门的，靠椅能让你的腰像人一样挺起来，不用怕什么！"奉小窗从后面撵了上来，追着阿慢走，"我在楼下站了一个小时。星巴克停业了。我不知道为什么会站在这里。你出现了，又消失了，像苏拉一样，我以为我俩是搭档，我以为你是真的。"奉小窗凌乱地说着，她被一股狂风吹得摇晃了一下,伸手拉住了阿慢,委屈脸快速绽开,像开得灿烂的向日葵,"你肯定没吃早饭,星巴克不开门,可颂堡吃不成了,去我那儿吧,我给你做黄粄,吃完饭再叫辆D1,好不好?"

阿慢被奉小窗拉得剧烈摇晃着,但也许不是她,是苏拉,它还不甘心,还在找他,刮得他站不稳。他没搞懂奉小窗的目的和逻辑,她在停业的星巴克门前站了一小时和客家粄之间有什么关系,还有浮萍绿的D1,它表示什么。他皱着眉头思考此间奥妙,这些天他一直在这么做,他觉得台风来得真好,他觉得他离真相已经不远了。

"桃粄呢?胖糕粄?糖糕粄?总不能饿死吧?"奉小窗完全无视阿慢的态度,"你已经很瘦了,像个鬼。"

狂风呼呼地吹着,雨点不停地往脸上打,阿慢不知道那是苏拉在找他,此刻他脑电四溅,努力连接被奉小窗打断的思绪,心想,鬼就鬼,像就像,是都不怕,有什么了不起。

"七层粄、人缘粄、人丁粄、忆子粄、碗子粄,"奉小窗试图说服阿慢,双手在空中乱舞,像高难度的鸟儿振翅,口气是人生无解,一起去野的意思,"你这么不好伺候,未必还要给你加鸡腿?"

阿慢认真地看着奉小窗。他看她的目光充满敬畏,就像看一切拥有切割、隐匿和逃遁能力的生命一样。如果一定要他回答，作为客家人，他对客家粄一点意见也没有，它只是有点腻，也没有那么难吃咯。他现在已经连接上了断掉的思路，他想告诉奉小窗他的发现，这件事情非常非常重要。

"奉小窗。"阿慢开口叫搭档，然后说出了那件事，"你说，有没有一种可能，Z导演的档案，它在逃亡的路上？"

奉小窗闭上嘴，这次她没有喊叫，像看怪物似的看阿慢。她的瞳影里布满风雨雷电，它们在飞速变化，阿慢相信他如果不给她一个交代，她有可能变成另一场兴风作浪的台风，但就算那样也不能阻止他的想法。

"我是说，那份编号HLG-1998-SX11-333121的档案，它不喜欢和Z导演的关系，不想当Z导演无形的影子，它一直在逃亡，躲避追踪，而且它相当有经验，所以我们才找不到它。我唯一不能确定的是，它是只身逃亡，还是聚众逃亡。"狂风吹得阿慢睁不开眼，他的情绪在台风天气里，异常炽烈，他心跳得厉害，说得很快，"如果真是这样，你觉得我可不可以帮助它，不，帮助它们逃亡？我是说，我来做它们的旅行定制师，为它们做一份最好的旅行方案？"

阿慢那么说，下意识地回头寻找什么，苏拉还在那儿，现在苏拉无处不在。阿慢的耳畔隐隐传来纸页摇动的沙沙声，它们越来越响，好像千军万马涌来，他看不见它们,但他希望它们不是在逃亡,而是在奔跑,他觉得那会是一幅壮阔的场面,那样的世界是动人的!

2023年8月24日—9月2日

于深圳立蜓室